바람이 데려다 줄거야

바람이 데려다 줄 거야

1판 1쇄 인쇄 2014년 5월 8일
1판 1쇄 발행 2014년 5월 14일

지은이 김정한
펴낸이 임종관
펴낸곳 미래북
본문디자인 서진원
등록 제 302-2003-000326호
주소 서울시 용산구 효창동 5-421호
마케팅 경기도 고양시 덕양구 화정동 965번지 한화 오벨리스크 1901호
전화 02)738-1227(대) | 팩스 02)738-1228
이메일 miraebook@hotmail.com

ISBN 978-89-92289-62-7 03810
값은 표지 뒷면에 표기되어 있습니다.

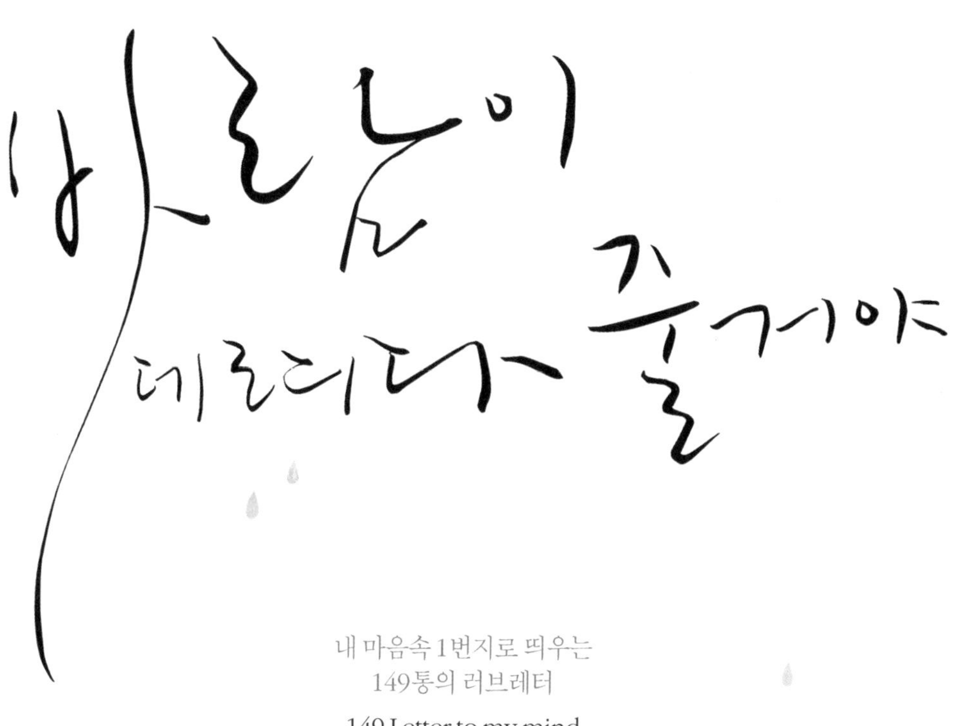

내 마음속 1번지로 띄우는
149통의 러브레터

149 Letter to my mind

지은이 김정한

MIRAE
BOOK

Prologue

눈꽃처럼 순결하고 눈부신
스물하고도 다섯 살.

유난히 백석의 나타샤와 당나귀를 사랑하던 나는
베르테르의 편지를 모방하며 한 사람에게 편지를 썼어요.

지금 어디서 무엇을 하는지 모르지만
사랑과 존경의 키스를 무한히 날릴 만큼
심장에 금이 갈 만큼 치열하게 사랑했죠.

그래서 심장에 선홍빛 주홍글씨가 새겨 있어요.
나를 잊지 마세요. Forget me not.

그 사람 외에는 누구도 받아들이지 못할 만큼 깊기에
눈의 마주침, 마음의 겹침 그리고 심장의 떨림을 안겨준 첫사랑의 그분
그리고 사랑앓이를 시작하는 세상의 모든 아담과 이브에게 이 글을 바칩니다.

김정한

149 Letters to
my mind

1

Page —10 스물다섯, 사랑이 내게 말을 걸다

#1 • #2 • #3 • #4 • #5 • #6 • #7 • #8 • #9 • #10

#11 • #12 • #13 • #14 • #15 • #16 • #17 • #18 • #19 • #20

#21 • #22 • #23 • #24 • #25 • #26 • #27 • #28 • #29 • #30

#31 • #32 • #33 • #34 • #35 • #36 • #37 • #38 • #39 • #40

#41 • #42 • #43 • #44 • #45 • #46 • #47 • #48 • #49 • #50

#51 • #52 • #53 • #54 • #55 • #56

스물다섯, 사랑앓이

3

스물다섯, 일상이 내게 말을 걸다

Page —— 208 익숙하지만 여전히 낯선

Part 1

스물다섯
사랑이 내게 말을 걸다

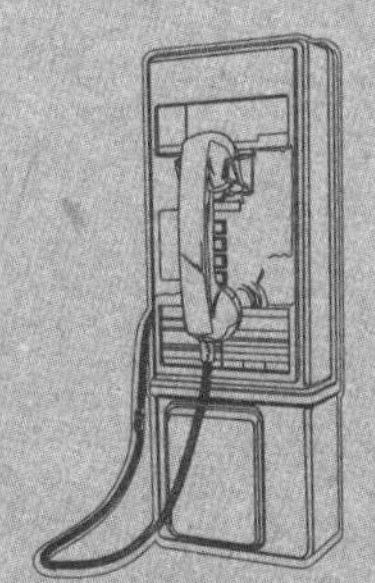

#1

스물다섯의 겨울
화이트 와인과 12월의 꽃
빨간 포인세티아가 자꾸만 눈에 들어온다.
그리움 때문일까?
사랑이 스며든 걸까?
예쁜 남자가 눈에 아른거린다.

#2

한 번 더 만나면 사랑하게 될 것 같아
더 이상 만나지 않았다.
언젠가 다시 만나면 이 말을 할 수 있을까.

10년 후에도 여전히 사랑한다면 용기를 내어 말할 수 있을 것 같은데

아직은 두려움이 앞서 내안에 비밀스럽게 숨겨둔다.

'사랑해'라는 말을.

'가난한 내가 아름다운 나타샤를 사랑해서 오늘 밤은 푹푹 눈이 나린다.'
백석의 시에 나오는 나타샤를 사랑한 슬픈 주인공이 되지 않기 위해
느리게 다가가자.

Gravitation cannot be held responsible for people falling in love. _Albert Einstein
만유인력은 사랑에 빠진 사람을 책임지지 않는다. _알버트 아인슈타인

#3

모든 것을 놓아버리게 한 오늘의 음악
이승철의 '비와 나그네'에 빠졌다.
어쩌면 사랑이 내게로 와 온 힘을 다해
나를 제압하고 마음을 허락하기 전까지는
사랑은 한낱 단어에 불과한 것.
마스터 키는 신만이 알 뿐.
우리 모두는 그냥
신이 조종하는 대로 연기하는 배우일 뿐.
주연도 되고 조연도 되고
말 한마디 하지 않고 지나치는 엑스트라도 되고.

#4

까만 하늘에 걸린 해와 달을 보며
눈이 지워놓은 길을 후각으로 더듬는다.
그리움이
아쉬움이
눈 되어 쏟아져 내린다.
많이 그립다.
눈 오는 이 밤.
그가.

Love is merely madness. _William Shakespeare
사랑은 그저 미친 짓이에요. _윌리엄 셰익스피어

#5

빨리 달라고 요구하는 사랑이 아니라
나의 것을 아낌없이 내어줄 수 있는 마음이
사랑의 힘이 아닐까.
어린왕자의 장미꽃에 대한 정성과 깊은 배려가
강력한 사랑의 메타포metaphor가 아닐까.

과연 마음으로 보아야만 잘 보이는 세상은 어떤 곳일까.

보이는 것을 너머 보이지 않는 것 너머를 포용하는 것이 아닐까.

다른 별에는 없고 오직 나의 별에 존재하는 단 하나뿐인 꽃.

사랑한다는 것은 헌신, 배려, 친절을 내어줌이 아닐까.

Love looks not with the eyes, but with the mind. _ William Shakespeare
사랑은 눈으로 보지 않고 마음으로 보는 거지. _ 윌리엄 셰익스피어

#6

밤파이어 같은 사랑
외롭게도
슬프게도
기쁘게도
살아있게도
죽게도 만드는
도대체 사랑이 뭘까?

To love is to receive a glimpse of heaven. _Karen Sunde
사랑하는 것은 천국을 살짝 엿보는 것이다. _카렌 선드

#7

가슴을 가시에 찔려 뚝뚝 붉은 피를 흘리면서도
아름다운 노래를 부르면 죽어간다는
켈트족의 전설 속의 '가시나무새'가 생각난다.

목숨을 걸고 심장에 붉은 피 흘려보는
잔혹한 사랑이 후회 없는 사랑이 아닐까.

Immature love says, I love you because I need you,
mature love says, I need you because I love you. _Sir Winston churchill

미숙한 사랑은 '당신이 필요해서 당신을 사랑한다' 고 하지만
성숙한 사랑은 '사랑하니까 당신이 필요하다' 고 한다. _윈스턴 처칠

#8

사랑의 감정은 아무리 복습해도 새롭다.
학습효과도 크지 않다.

나이가 들수록 감정의 기복은 심해지나 표현은 줄어든다.

스파르타식의 몰입교육을 받았음에도 불구하고

사랑학개론의 학점은 F.

그래서 늘 서툴고 어렵다.

나에게 멈춘 사랑이.

I want to move back towards love...
사랑을 향해 다시 움직이고 싶어

#9

어제는
환희였던 그것이

오늘은
슬픔이 되어 '훅' 덮친다.
아프다.
미치도록.

#10

'기다려 줘.'

누군가 남긴
세상에서 가장 아름다운 메시지를
나는 기다린다.

The enthusiasm of a woman's love is even beyond the biographer's. _Jane Austen
사랑에 대한 여자의 열정은 전기 작가의 열정을 훨씬 뛰어넘는다. _제인 오스틴

#11

너의 이름 세 글자.
열 번 백 번 불러보아도 기쁨.
너를 만나는 토요일 오후 2시.
인형 같은 마네킹이 반짝 웃는다.
햇살도 눈부시다.

Life's greatest happiness is to be convinced we are loved. _Victor Hugo
인생에 있어서 최고의 행복은 우리가 사랑 받고 있음을 확신하는 것이다. _빅터 위고

#12

5년 후
첫눈이 내리는 그때도
너와 나 만날 수 있을까.
머리 위로 떨어지는 눈송이를 맞으며
나란히 걸어갈 수 있을까.

Great loves too must be endured. _Gabriel coco chanel

세기의 사랑일지라도 참고 견뎌내야 한다. _가브리엘 샤넬

#13

너에게 가는 길 위에서 길을 잃는다.
얽히고설킨 길이 너무 많아 비틀거린다.
미처 전하지 못한 말들이 아쉬운 과장법으로
바람에 흩날리고
미련 그리고 늦은 후회가 길을 막는다.
나, 어쩌지?

There is no remedy for love
but to love more. _Henry David Thoreau
더 많이 사랑하는 것 외에 다른 사랑의 치료약은 없다. _헨리 데이비드 소로우

#14

시간은 흐르지만 기억은 고인다.
저 혼자 천천히 느리게
자리를 찾아 깊숙이 파고든다.

그의 목소리
그의 발자국
그의 체취까지

가슴속에 깊숙이 파고든다.
흘러간 시간은 나에게 올 수 없지만
흘러간 기억은 기어코 내게로 온다.

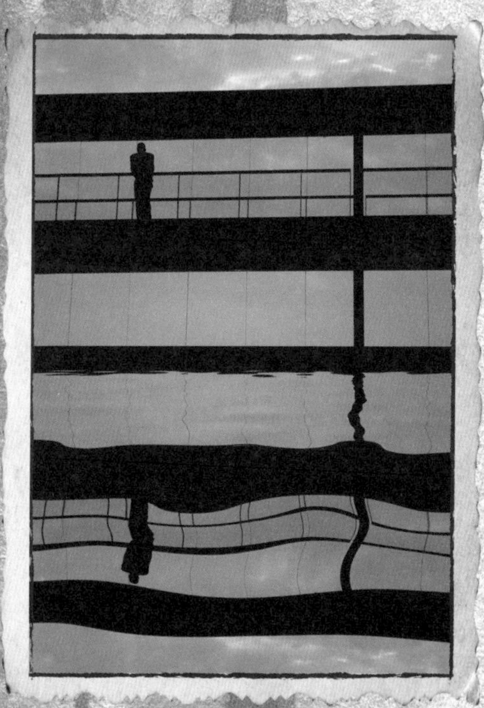

Love is the difficult realization that something other than oneself is real. _Iris Murdoch
사랑은 자신 이외에 다른 것도 존재한다는 사실을 어렵사리 깨닫는 것이다. _아이리스 머독,

#15

모든 것의 처음과 끝인 그가 내게로 온다.
내게로
천천히 오고 있다.
러브레터 같은 핑크빛 꽃잎을 물고
진홍의 사랑의 인사 전하러
내게로 오고 있다.

That is the true season of love, when we believe that we alone can love, that no one could ever have loved so before us, and that no one will love in the same way after us. _Johann Wolfgang von Goethe

우리만이 사랑할 수 있고, 이전에 그 누구도 우리만큼 사랑할 수 없었으며,
이후에 그 누구도 우리만큼 사랑할 수 없음을 믿을 때 진정한 사랑의 계절이 찾아온다. _요한 볼프강 폰 괴테

#16

새벽 1시.
술에 취한 채 그냥 전화번호를 눌렀다는
그의 순진한 고백이 어쩌면

인간적이고 온전한 고백이란 생각을 했다.
술 취한 고백
딱히 싫지만은 않았다.
사랑한다는 말은 뱉기 전에는 가장 무겁지만
뱉고 나면 가장 가벼워진다는 것을 그는 알까.

To fear love is to fear life, and those who fear life are already three parts dead. Bertrand Russell
사랑을 두려워하는 것은 삶을 두려워하는 것과 같으며, 삶을 두려워 하는 사람은 이미 세 부분이 죽은 상태다. _버트런드 러셀

#17

기다림에 익숙한 사람도
기다림에 익숙하지 않은 사람도
무언가를
누군가를 기다리며 살아야 해.

Love has taught us that love does not consist in gazing at each other but in looking outward together in the same direction. _Antoine de Saint-Exupery

사랑이란 서로 마주보는 것이 아니라 둘이서 똑같은 방향을 내다보는 것이라고 인생은 우리에게 가르쳐 주었다. _생텍쥐페리

#18

아스피린 한 알 때문인지
혈류를 타고 그리움이 발끝까지 내려갔다.

사랑……
내 모든 것의 처음과 끝이라는 생각.

간절히 그립다.
가깝고도 먼 그대가.

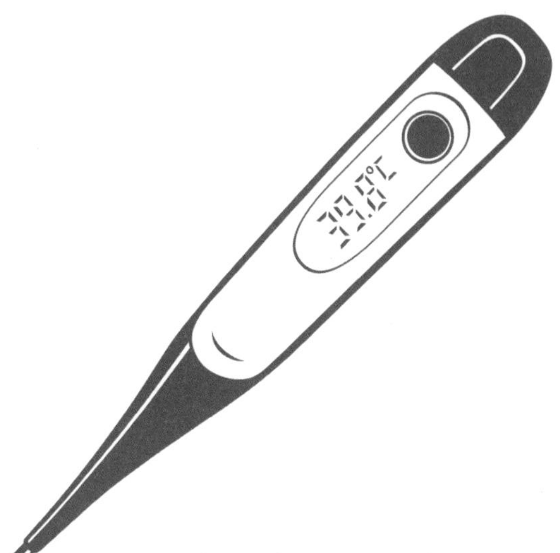

Only in the agony of parting do we look into the depths of love. _George Eliot

이별의 아픔 속에서만 사랑의 깊이를 알게 된다. _조지 엘리엇

#19

사랑은 덫이다.

사랑 뒤에 숨어있는 또 다른 파편들

소유, 질투, 외로움, 고통, 불면의 밤

그 뒤의 상처들.

한 번 빠지면 헤어나올 수 없는 지독한 수렁의 덫이 된다는 것을.

조지훈의 시 〈사모〉에도 나와 있다.

사랑을 다해 사랑했노라고
정작 해야 할 말이 있음을 알았을 때
당신은 이미 남의 사람이 되어 있었다.
……
울어서 힘든 눈 흘김으로
미워서 미워지도록 사랑하리라.
……
한 잔은 떠나버린 너를 위해
한 잔은 너와의 영원한 사랑을 위해

Think about a woman. Doesn't know you're thinking about her. Doesn't care you're thinking about her. Makes you think about her even more. _Martin Sage

한 여자에 대해 생각해봐. 그 여자는 네가 자기에 대해 생각하는지 몰라. 네가 그 여자 생각을 하든 말든 상관 안해. 그러면 넌 더욱 더 그 여자 생각을 하게되지. _마틴 세이지

#20

사랑하는 사이라도 생각의 '다름'이 있나 보다.
그 '다름'의 간격을 좁히는 것이 서로에 대한 배려가 아닐까.
'다름'의 간격을 좁히려면 '배려'와 '희생'이 필요한 것 같다.

Some relationships start with fights... But, usually only in romantic comedies. Life's not the movies. _Takayuki Ikkaku

어떤 관계는 싸움으로 시작해… 하지만, 보통 로맨틱 코미디 영화에서나 그렇지. 인생은 영화가 아니야. _이카쿠 다카유키

#21

바스러질 듯한 웃음
이슬 같은 투명한 눈물
그리고 새처럼 날아 오를 듯한 도전 정신.
쇼팽, 고흐, 괴테, 장미 그리고 사랑하는 그가 곁에 있어 좋은
스물다섯의 여름.
작은 천국이 따로 없다.

What else is love but understanding and rejoicing in the fact that another person lives, acts, and experiences otherwise than we do? _Friedrich Nietzsche

남들이 우리와 다르게 살아가고 행동하며 경험한다는 사실을 알고 이에 기뻐하는 것이 사랑 아니고 무엇이겠는가? _프레드리히 니체

#22

낯익은 길을 가고 있어.
걷고 달리고 멈추어 쉬면서 가고 있어.
마음은 여전히 뙤약볕의 사막이야.
목이 타는 길을 끌어안고 가고 있어.
백일홍처럼 나도 몰래 붉은 꽃 피웠어.
그 마음 시리도록 환하게 아플 거야.
네 안에 들어가 환하게 타들어가고 싶어.
그리고 함께 아득해지고 싶어.

I was born with an enormous need for affection, and a terrible need to give it. _Audrey Hepburn

나는 애정을 받을 엄청난 욕구와 그것을 베풀 엄청난 욕구를 타고났다. _오드리 햅번

#23

첫 마음 그때로 돌아가
마지막 날이라고 생각하며
사랑한다면 미움도, 불신도, 두려움도
사라질 것 같은데
그게 쉽지 않다.
갈수록 자로 재고 무게를 단다.
두렵다.

이 런 내 가 .

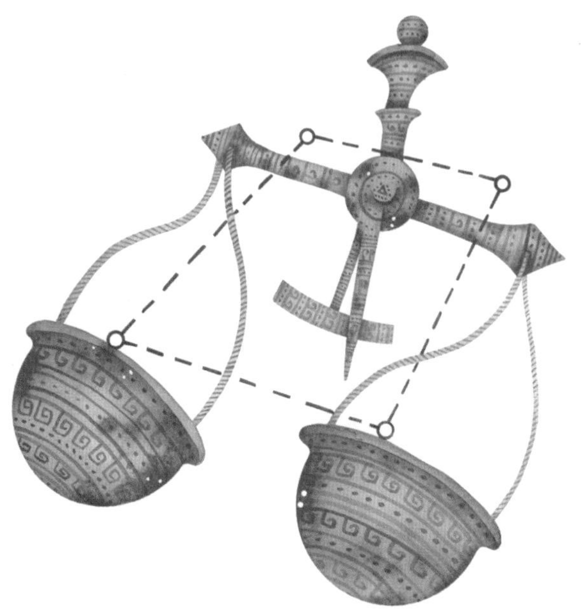

When you give each other everything, it becomes an even trade. Each wins all. _Lois McMaster Bujold
서로에게 모든 것을 줄 때 평등한 거래가 된다. 각자가 모든 것을 얻게 된다. _로이스 맥마스터 부졸

#24

비가 후드득 쏟아진다.
널 처음 만난 그때처럼
갑자기
그가 그립다.
비 오는 날이면 더 많이 생각나는 사람
애써 생각하지 않으려 해도
떠오르는 너.
오늘은 널 불러
가슴에다 안는다.

]It's not how much we give, but how much love we put into giving. _Mother Teresa
얼마나 많이 주느냐보다 얼마나 많은 사랑을 담느냐가 중요하다. _마더 테레사

#25

넌 바보야.

너를 사랑한 그도 바보이고. 어리석은 사랑을 했으니까 바보인거지.

바보가 아니라면 목숨 거는 사랑은 하지 않거든.

생활에 지장을 주는 사랑도 하지 않거든. 사랑은 현실이니까.

사랑도 한순간인데 잠시 스쳐 지나가는 소나기와 같은 건데

목숨까지 걸 필요는 없잖아.

바보 같은 사람들이야.
너도
그 사람도
미친 바보였어.

A coward is incapable of exhibiting love; it is the prerogative of the brave. _Mahatma Gandhi

겁쟁이는 사랑을 드러낼 능력이 없다. 사랑은 용기 있는 자의 특권이다. _마하트마 간디

#26

연락이 안 돼서
참 많이 궁금하고 힘들었는데
오래도록 보고 싶어 했는데
오래도록 그리워했는데
아픈데 없이 잘 지낸다니 다행이야.

잘 지내줘서 고마워.

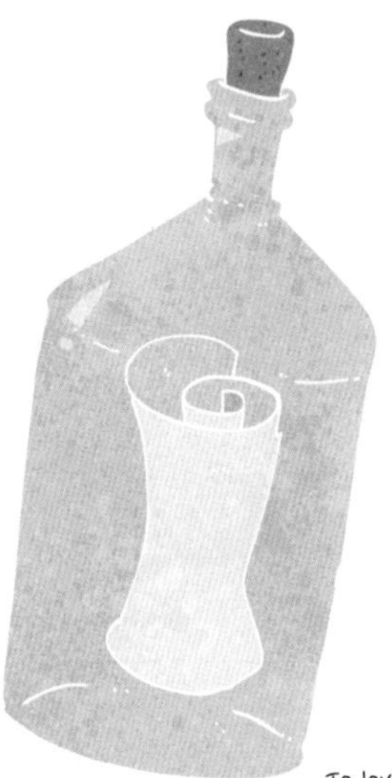

To love someone is to identify with them. _Aristotle
누군가를 사랑한다는 것은 자신을 그와 동일시 하는 것이다. _아리스토텔레스

#27

너를 생각하는 오늘.
입은 웃고 있는데
두 눈에서는 눈물이 떨어지네.
자꾸만 눈물이 떨어지네.
이런 게 사랑일까?

For one human being to love another; that is perhaps the most difficult of all our tasks, the ultimate, the last test and proof, the work for which all other work is but preparation. _Rainer Maria Rilke

한 사람이 다른 사람을 사랑하는 것. 이는 모든 일 중 가장 어려운 일이고, 궁극적인 최후의 시험이자 증명이며, 그 외 모든 일은 이를 위한 준비일 뿐이다. _라이너 마리아 릴케

#28

창밖으로 그리운 풍경들이 지나간다.
함께한 빌딩 숲 나들이도 좋았고
두 손 잡고 걷던 명동 길도 그립고
함께 먹은 오장동 냉면집도 생각이 난다.

그도 나처럼 생각할까?
수시로 느닷없이.

Could you imagine how horrible things would be if we always told others how we felt?
Life would be intolerably bearable. _Randy K. Milholland

만약 우리가 어떻게 느꼈는지 남들에게 항상 말한다면 얼마나 끔찍할지 상상할 수 있어?
인생은 견딜 수 없을 만큼 견딜 만할 거야. _랜디 K. 멀홀랜드

#29

그림자놀이를 했다.
술래잡기를 하면서 해질녘 화진포해수욕장에서
한 번은 내가 술래가 되고 또 한 번은 그가 술래가 되면서.

Joy is prayer - Joy is strength - Joy is love - Joy is a net of love by which you can catch souls. _Mother Teresa

기쁨은 기도이다. 기쁨은 힘이다. 기쁨은 사랑이다. 기쁨은 영혼을 붙잡을 수 있는 사랑의 그물이다. _마더 테레사

#30

오늘은 이슬비에도 마음이 흔들린다.
네 목소리에 내 몸이 떨리고
네 눈길에 내 마음마저 떨렸는데
함께하지 못한 오늘,
내 마음이 흔들린다.
비에 젖은 나뭇잎처럼.

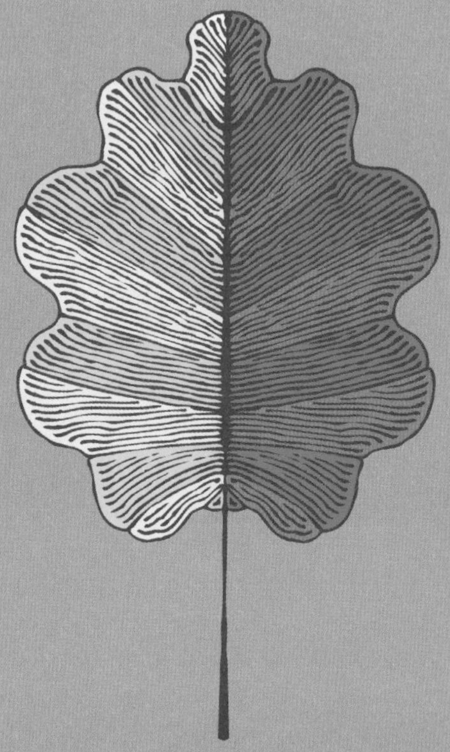

It is easy to love the people far away. It is not always easy to love those close to us. It is easier to give a cup of rice to relieve hunger than to relieve the loneliness and pain of someone unloved in our home. Bring love into your home for this is where our love for each other must start. _Mother Teresa

멀리 있는 사람을 사랑하기는 쉽다. 가까이 있는 사람을 사랑하기란 항상 쉬운 것만은 아니다. 기아로부터 사람들을 구제하기 위해서 한 움큼의 쌀을 주는 것이 자신의 집에 있는 이의 외로움과 고통을 덜어주는 것보다 더 쉽다. 당신의 집에 사랑을 가져다 주어라. 가정이야말로 우리의 사랑이 시작되는 곳이어야 하기 때문이다. _마더 테레사

#31

비가 내린다.
습기 가득한 창문에 너의 이름을 쓴다.
사랑하는 너의 이름 석 자.
그 옆에다가

'사랑해'

라고 굵게 쓰고 말았다.
지나가는 사람들이 다 너로 보인다.

LOVE
Love is a smoke made with the fume of sighs, Being purged, a fire sparkling in lovers eyes, Being vexed, a sea nourished with lovers tears, What is it else? A madness most discreet, A choking gall and a preserving sweet. _William Shakespeare
사랑이란 한숨으로 일으켜지는 연기, 개면 애인 눈 속에서 번쩍이는 불꽃이요, 흐리면 애인 눈물로 바다가 되네. 그게 사랑 아닌가? 가장 분별 있는 미치광이요, 또한 목을 졸라매는 쓰디쓴 약인가 하면, 생명에 활력을 주는 감로이기도 하네. _윌리엄 셰익스피어

#32

보고 싶다.
내 안에 꼭꼭 숨어 있는 그가 말한다.

네가 보고 싶다.
너를 사랑한다.

보고 싶다는 그의 말이 메아리처럼 퍼진다.
그리고 발끝까지 퍼져간다. 온몸에 전율이 흐른다.

나도 네가 보고 싶다.

나도 너를 사랑한다.

그래서 아프다.

너를 아프게 해서 미안하다……고 말하고 싶다.

하지만 그 말조차 할 수가 없다. 너무 사랑해서… 너무 아파서…

그래서 할 수가 없다.

It is better to be hated for what you are than to be loved for what you are not. _Andre Gide

네 모습 그대로 미움 받는 것이 너 아닌 다른 모습으로 사랑 받는 것보다 낫다. _앙드레 지드

#33

오늘도 어제처럼
나를 기쁘게 했던 일도 지우고
나를 아프게 했던 일도 지우고
나를 사랑하는 사람,
내가 사랑하는 사람도 잠시 지웠다.
오늘도 어제처럼
함께한 추억들을 하나씩 지웠다.

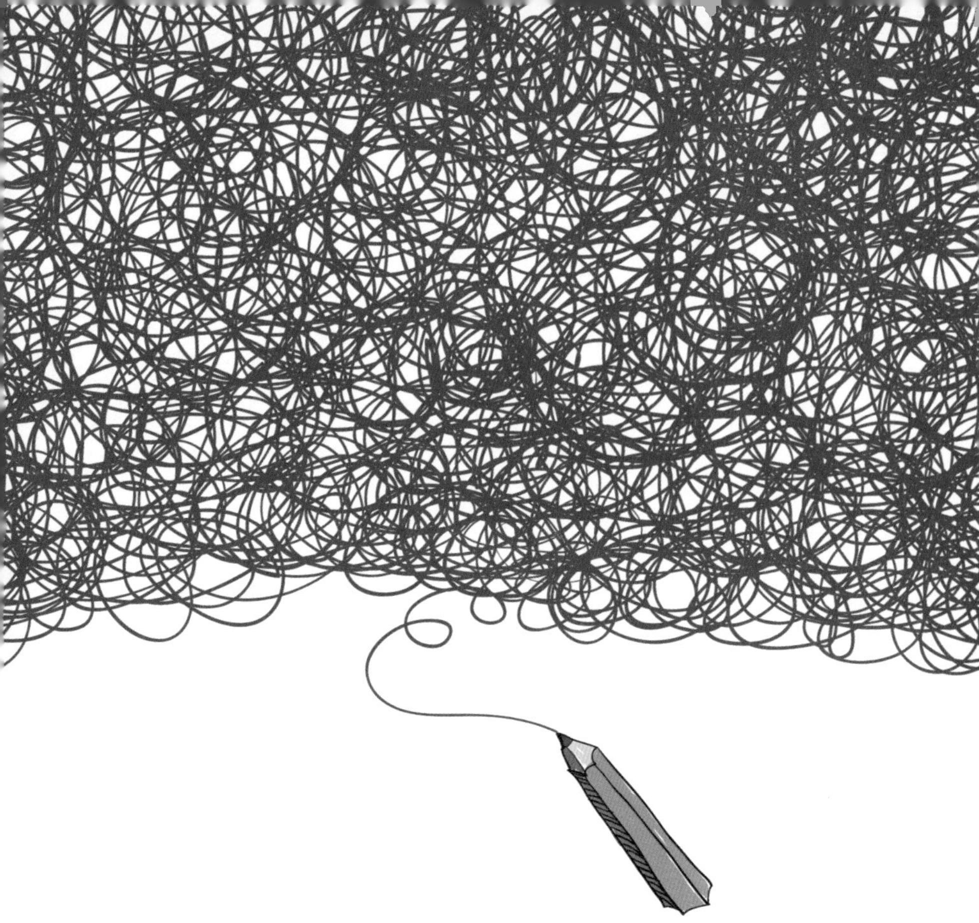

The most terrible poverty is loneliness and the feeling of being unloved. _Mother Teresa
가장 끔찍한 빈곤은 외로움과 사랑받지 못한다는 느낌이다. _마더 테레사

#34

사랑이 퍼즐게임이라면
얼마나 좋을까?
언젠가는 맞출 테니까.

보고 싶다는 말보다
사랑한다는 말보다
더 간절한 말이 있을까?

오늘도 난,
목젖까지 차오르는 그리움에
목이 멘다.

네가 그립다는 말을
너를 사랑한다는 말을
힘들게 토해낸다.

Love is or it ain't. Thin love ain't love at all. _Toni Morrison

사랑은 있거나, 없다. 가벼운 사랑은 아예 사랑이 아니다. _토니 모리슨

#35

내가 가는 길이 정해진 길일까? 아니면 내가 길을 만들면서 가야 하나? 내가 가는 길이 옳은 길일까? 아, 두렵다. 한 발 한 발 내디딜 때마다 이젠 무섭다. 오늘도 그리움이 뒤엉킨 기다림의 하루를 살았다. 미운 사람 때문에 힘들었던 순간 좋은 사람 때문에 기뻤던 순간 아주 잠시 아팠던 순간 이제는 과거의 추억 속으로 들어간다. 일상이 버튼 하나면 저장이 되고 일상이 버튼 하나면 삭제가 된다. 사랑도 이별도 버튼 하나로 움직인다면 슬플 거야, 아주 잠시. 아플 거야, 지독히. 추억할거야, 오래도록. 오늘도 다 지우고 지워지지 않는 그리움 하나만 남았다. 죽음보다 두려운 사랑 한 컷 가슴에 남았다.

Only, I miss everything about you.

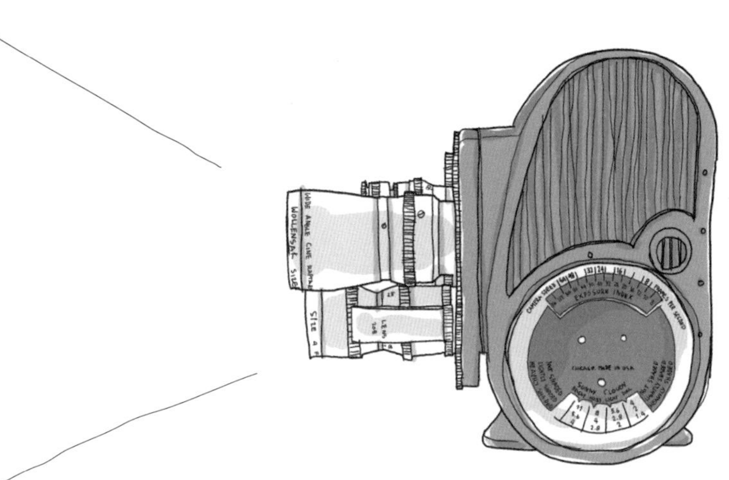

Learning to love yourself is the greatest love of all. _Michael Masser
자신을 사랑하는 법을 아는 것이 가장 위대한 사랑입니다. _마이클 매서

#36

그 사람이 그립다.
내게 필요한 사람
나를 이해해주는 사람
내 말을 들어주는 사람
그 사람이 그립다.
그 사람을 만나 밥 한 끼 먹고 싶다.
그 사람을 만나 술 한 잔 하고 싶다.
그 사람을 만나 음악회도 가고 싶다.
그러나 지금 그 사람은 없다.

함께 하는 것만으로도 좋은 사람.
곁에 있어 주는 것만으로도
위로가 되고 행복해지는 사람.
그 사람이 그립다.
지금……

Age does not protect you from love. But love, to
some extent, protects you from age. _Jeanne Moreau
나이가 들어도 사랑을 막을 수는 없어요. 하지만 사랑은 노화를 어느
정도 막을 수 있죠. _잔느 모로

#37

홍대 앞 피카소 거리에서 나는 또 다시 발걸음을 멈춘다. 태어나 처음으로 내 가슴을 그토록 뛰게 하던 그 사람. 슬프디슬픈 기다림으로 눈물로 밤새우게 한 그 사람. 날 기다림에 익숙하게 만들었던 그 사람. 홍대에서 만나 홍대에서 사랑을 키워간 그 사람. 지금 그 사람은 없지만 난 그 사람과의 추억이 담긴 홍대 거리를 서성이고 있다. 칠흑 같은 어둠 속에서 나 혼자 서성이고 있다.

#38

✳

8월의 한여름에도 추운 나.

얼마만큼 지나야 내 마음에 그리움이 줄어들까.
얼마만큼 지나야 내 마음에 기다림이 줄어들까.
얼마만큼 지나야 내 마음에 사랑의 감정이 가라앉을까.

Love is an irresistible desire to be irresistibly desired. _Robert Frost

사랑은 거부할 수 없게 열망을 받으려는 거부할 수 없는 열망이다. _로버트 프로스트

#39

국립중앙박물관에 갔다.
늘 내 곁에 있던 널 볼 수가 없다.
국립중앙박물관에 가면 있을 줄 알았는데
우리의 역사가 고스란히 보관되어 있을 줄 알았는데
너와 나의 흔적은 아무 데도 없었다.
소리 나지 않는 고장 난 악기처럼 너의 울림도 없었다.

Never pretend to a love which you do not actually feel, for love is not ours to command. _Alan Watts

실제로 느끼지 못하는 사랑을 느끼는 척 하지 말라. 사랑은 우리가 좌지우지 할 수 없으므로 _앨런 왓츠

#40

꿈속에서 너를 만났다.

네가 무슨 말을 하는데 알아들을 수가 없다.
목이 마르도록 애가 탔다.
넌 무슨 말을 했기에
난 애가 탔는지
너에게 듣고 싶은 말이 있었나 보다.

애가 탈만큼.

There is always some madness in love. But there is also always some reason in madness. _Friedrich Nietzsche

사랑에는 늘 어느 정도 광기가 있다. 그러나 광기에도 늘 어느 정도 이성이 있다. _프리드리히 니체

#41

니체는 '삶이여, 다시 한 번'이라고 썼다.
고통으로 얼룩진 인생이었지만
그럼에도 불구하고 그는 삶 자체를 긍정하려 했다.
일에 지치고 사랑에 울었던 10월 마지막 날,
나도 이렇게 외치며 하루를 마감한다.

"사랑이여, 행복이여, 다시 한 번."

Love isn't a decision. It's a feeling. If we could decide who we loved, it would be much simpler, but much less magical. _Trey Parker

사랑은 결정이 아니다. 사랑은 감정이다. 누구를 사랑할지 결정할 수 있다면 훨씬 더 간단하겠지만 마법처럼 느껴지지는 않을 것이다. _트레이 파커

#42

무엇이든 몰입을 해도 집착은 하지 말자.
무엇이든지 유일한 것은 없으니까.

유일하다고 생각하면 집착을 할 것이고
집착은 큰 상처를 남긴다.

무슨 일을 하든 상대적이라 생각하며 시작하자.
그래야 집착이 아닌 몰입으로 만족을 이끌어낼 테니까.
일도, 사랑도.

When love is in excess it brings a man no honor nor worthiness. _Euripides
과도한 사랑은 인간에게 아무런 명예나 가치도 가져다주지 않는다. _에우리피데스

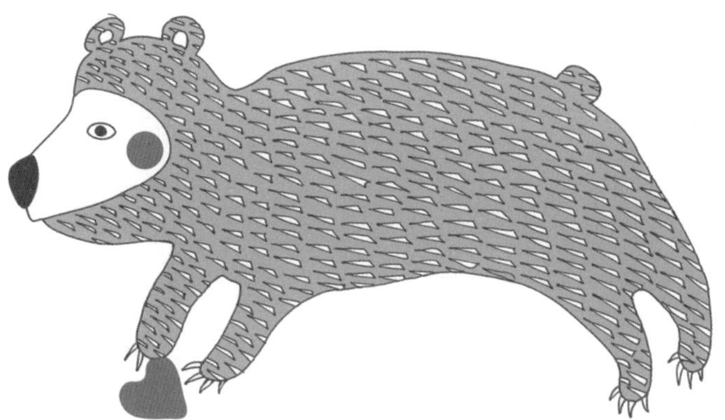

#43

아무리 사랑해도 결코 침범할 수 없는 영역이 있다.
그 안에 들어가 버리면 그만이다.
볼 수도 말을 걸 수도 없다.
다시 나올 때까지 기다려야 한다.
기다려도 되는지 모르지만
그곳이 너무 편안해 오래 머물지 않기 바라며
기다림을 기다려야 한다.
말에는 본인도 모르는 마음이 숨겨져 있는 거 같다.
가면을 쓴 욕망, 이기심, 질투, 허영이 단어와 톤에 숨어 있다.
겸손한 척, 정중한 척해도 소용없다.
듣는 사람은 상대방의 마음을 정확히 읽는다.
무엇이 진실이고 거짓인지…

차라리 가면을 벗고 있는 그대로의 나를 보여주자.

]Love is, above all else, the gift of oneself. _Jean Anouilh
사랑은 무엇보다도 자신을 위한 선물이다. _장 아누이[

#44

마음에 우울비 내린다.
왜 내 맘대로 안 될까?
이렇게 하면 성공도 사랑도 쟁취한다며
위인들은 수많은 명언을 쏟아내지만
나에게만은 빗나간다.
왜 내 맘대로 안 될까?
한계 상황에 맞닥뜨린 날이다.
99% 노력해도 안 되는 일이 분명 있나 보다.
누구의 말처럼 내 생각만 한 걸까?
사랑? 무얼까?
가까이 갔다 싶으면 멀어진 듯하고
멀어진 듯하면 또 내 앞에 멈춘 사랑.
컴퓨터도 매뉴얼대로 연습하면 작동이 쉬운데
사랑을 쟁취하는 데는 매뉴얼이 없다는 것.
그래, 누구 말대로 당분간 그 사람의 입장이 되어 노력하자.
'역지사지(易地思之)'
영어로 말하면, 'Put yourself in my shoes.'
어쩌면 두 사람이 원하는 답을 찾을 수 있을지도 모르니까.
주말은 그도 나도 눈부신 '맑음'이었으면…….

The first duty of love is to listen. _Paul Tillich
사랑의 첫 번째 의무는 상대방에 귀 기울이는 것이다. _폴 틸리히

#45

이토록 깊숙이 박힌 이름
입가에 맴돌다 말라붙은 밀어
쏟아지는 빗줄기 사이로 헤엄친다.
잊으려 할수록 자꾸만 깊어진다.
남몰래 흐르는 눈물 한 방울
찻잔에 떨어진다.

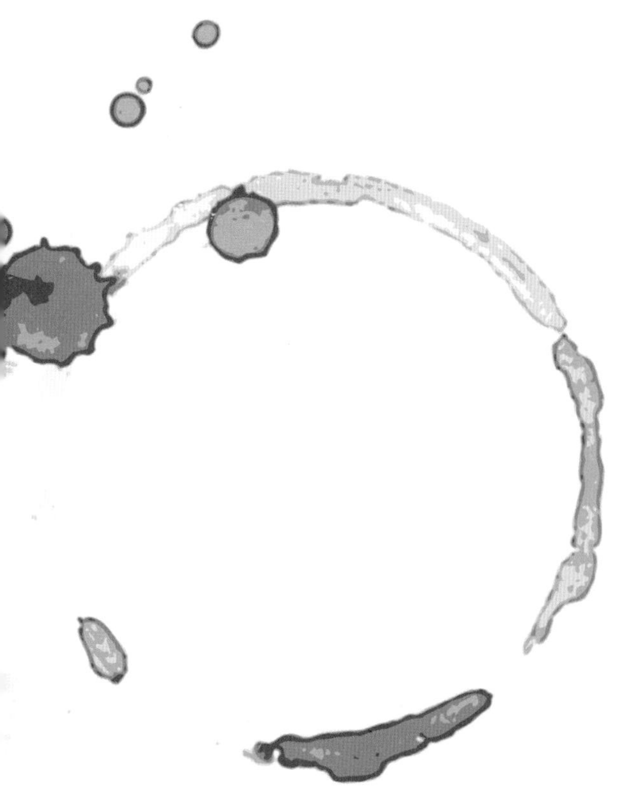

#46

태풍 그리고 폭우가 지나간 자리
청송의 명품 소나무마저 뿌리째 뽑혔다.
아무 일 없었다는 듯이 햇살이 쏟아진다.
나뭇가지에 매달린 사과는 붉게 물들고 있다.
바람은 찰랑거리며 빨간 샐비어 꽃잎을 뒤흔든다.
악몽 같던 여름의 끝,
다시 환하다.

Real love is a permanently self-enlarging experience. _M. Scott Peck

진정한 사랑은 영원히 자신을 성장시키는 경험이다. _M. 스캇 펙

#47

베토벤의 '운명' 교향곡이 흐른다.
함께 듣던 그때로 나를 데려간다.
그때는 11월에도 눈이 많이 내렸지.
기억은 돌고 돌아 그에게 오래도록 멈추어 있다.
다시 찾아온 11월

새벽 공기에 겨울 냄새가 난다.

To love deeply in one direction makes us more loving in all others. _Anne-Sophie Swetchine

한 방향으로 깊이 사랑하면 다른 모든 방향으로의 사랑도 깊어진다. _안네-소피 스웨친

#48

젖은 구두에 물이 찬다.
무거워진 구두를 끌며 발이 부르트도록 걸었다.
그러나 그는 오지 않았다.
결국
이별인가보다.
진종일 누런 황사비 뿌리고
제비들은 낮은 포물선을 그리며
주위를 맴돌고 있다.
봄꽃은 피면 오는가 싶더니
발 닿을 틈도 주지 않고 쉬이 가버린다.
떠나는 님을 기다리다가 주저앉아 우는
영변의 약산 진달래꽃처럼
기다림을 기다리다가
낙화하며 떨어지련가!

149
Letters
to my
mind

#49

이기지 못할 슬픔이라면
몸과 영혼의 세포막들도 거부하겠지.
왜냐면 견딜 만큼의 슬픔만 안을 테니까.
슬픔에 들썩이는 그들을 외면한 나에게
비정하다고 소리치며 그냥 운다.
피의 순환이 빠르게 움직이며
드러내놓고
슬픔을 즐기는 그들이 부럽다.
오늘은.

Love is the big booming beat which covers up the noise of hate. _Margaret cho
사랑은 증오의 소음을 덮어버리는 쿵쾅대는 큰 북소리다. _마가릿 조

#50

스물다섯의 12월 마지막 날 비로소 깨달았다.
생활과 사랑은 다르다는 것을.
생활은 현실이고 사랑은 이상이라는 것을.
그 사실을 깨닫기까지 많이 흔들리고
한없이 외로웠지만

나를 일깨워주던 목소리가 있었다.
'삶의 이유가 되고 기쁨이 되는 것을 찾아라.'

one word frees us of all the weight and pain of life: That word is love. _Sophocles
낱말 하나가 삶의 모든 무게와 고통에서 우리를 해방시킨다. 그 말은 사랑이다. _소포클레스

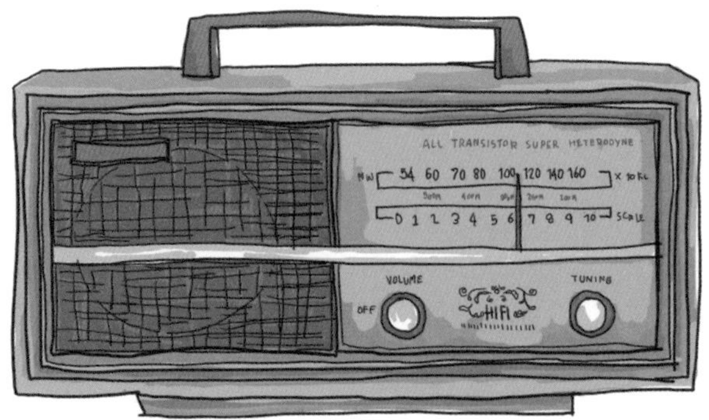

#51

너의 부재가 심장을 관통한다.
너무 슬퍼 생활은 과거에 멈췄다.
너를 마지막으로 만난 그때로
네가 내게로 웃으며 오던 그때로
내가 네게로 웃으며 다가가던 그때로
삶의 시계는 멈추었다.

But love is blind and lovers cannot see The pretty follies that themselves commit; For if they could, cupid himself would blush To see me thus transformed to a boy. _William Shakespeare

그러나 사랑은 눈 먼 것이라 연인들은 자신들이 저지르는 어리석은 짓을 알지 못해요. 만약 알 수 있다면, 큐피드도 나를 보고 얼굴을 붉히며 평범한 소년으로 변해버릴 거예요. _윌리엄 셰익스피어

#52

나의 깊디깊은 그리움의 병
사랑할수록 한없이 외롭다고 느껴지는 밤
가장 아름다울 때 추락한다는 동백꽃 같은 사랑이 될까

나 의 사 랑 이

This bud of love, by summer's ripening breath, May prove a beauteous flower when next we meet. _William Shakespeare

이 사랑의 꽃봉오리는 여름날 바람에 마냥 부풀었다가, 다음 만날 때엔 예쁘게 꽃필 거예요. _윌리엄 셰익스피어

#53

사랑한 후에도
오리엔탈 느낌의 향 같은 깊고 진한 향이 나기를
고급스러운 잔향으로 남기를

여우비 내리는 오늘 넌 날 그 어느 날처럼 한없이 흔들었다.
아프도록 그리고는 너무도 이기적인 모습으로
그 어느 날처럼 어김없이 네 자리로 돌아갔다.
그리고 난 또 혼자가 되었다.
오늘도 난 네 바람에 네 눈물에 내 심장을 얹었는데
난 흔들리다가, 흔들리다가 제자리에 남겨진
사랑의 바보가 되었다.
너를 사랑한 바보, 멍청한 바보가 되었다. 오늘도……

To be brave is to love someone unconditionally, without expecting anything in return. To just give. That takes courage, because we don't want to fall on our faces or leave ourselves open to hurt. _Madonna

용기 있다는 것은 답례로 아무것도 기대하지 않고 누군가를 무조건적으로 사랑하는 것이다. 사랑을 그저 주는 것이다. 우리는 넘어지거나 쉽게 상처 받길 원치 않으므로 사랑하려면 용기가 필요하다. _마돈나

#54

In my heart… There is only you.
내 마음속엔… 너만 있다.

02.13 사랑을 고백 받던 날, 비밀愛

We can only learn to love by loving. _Iris Murdoch

우리는 오로지 사랑을 함으로써 사랑을 배울 수 있다. _아이리스 머독

#55

당신은 누구십니까

어느 날 살포시 다가와
내 마음을 흔들어 놓은 당신.

당신은 어디서 불어온 바람입니까

어느 날 갑자기 운명처럼 찾아와
내 전부를 빼앗아간 당신.

당신은 어디서 내려온 햇살입니까

낮이고 밤이고
가슴 벅차 오르는 희열을 느끼게 하는 당신,

당신은 정녕 누구십니까

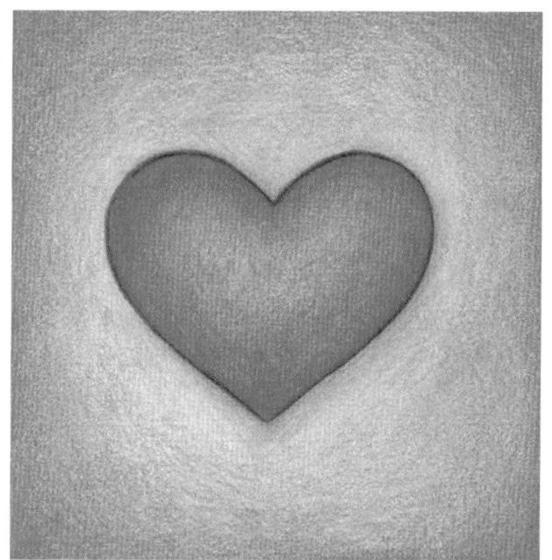

#56

당신 오신다 하기에
당신이 오실까
오늘도 당신을 기다렸습니다.

끝이 보이지 않는 섬진강 기슭에서
당신이 오실까
오늘도 당신을 기다렸습니다.

늘 보고 싶어도
아프도록 그리워도
그립다는 말을 하지 못한 채
가슴 한 편에 그리움만 쌓아 두고
당신 머무는 남쪽 하늘만 바라보며
보고 싶어 울었습니다.
그리움에 사무쳐 울었습니다.

죽도록 당신을 사랑하나
사랑한다는 말을 한 번도 내뱉지 못했습니다.
내일은 보고픈 당신 오신다니
당신 좋아하는 헤이즐넛 커피도 내려야지요.

당신 좋아하는 샐러드도 준비해야지요.
밥 위에 샐러드도 올려놓으며
'사랑하는 당신, 맛있게 드세요.'라고 말을 해야지요.
행복한 미소를 지으며
'맛있게 잘 먹었소.'라는 칭찬의 말을 들어야지요.

내일은 보고픈 당신
내가 사랑하는 당신이 오신다니
세상에서 가장 기쁜 날이 되겠네요.
내일은 그리운 당신
나를 사랑하는 당신이 오신다니
세상에서 가장 행복한 날이 되겠네요.

Part 2

스물다섯, 사랑앓이
미치도록 사랑했다

#첫 번째 편지

사랑과 존경의 키스를 바칩니다

세상에는 사랑을 느끼게 하는 사람이 있고
존경을 느끼게 하는 사람도 있지만
사랑과 존경을 동시에 느끼게 하는 사람을
만나기는 쉽지 않아요.
"사랑보다 꿈이 먼저야."라고 외치던 스물다섯 살,
직장 2년차인 나에게
사랑의 의미와 존경의 의미가 되는 '당신'이 생겼어요.
그 '당신'이 자꾸만 나를 설레게, 예뻐지게, 더 좋은 사람이 되고 싶게 해요.
사랑이 내게로 온 오늘,
그 사람에게
사랑과 존경의 키스를 바칩니다.

PS

너와 있어서 행복해.

넌 모를 거야.

왜 지금이 내 인생에 그토록 중요한지.

멋진 아침이야.

이런 아침이 또 올까?

_영화 〈비포 선라이즈〉 중에서

05.15 우연한 스침 후에

#두 번째 편지

사랑을 잉태하고 말았어요

당신을 만나기 전에 난 사랑에 있어 타인이었습니다.
어찌하여 내가 여기까지 왔는지
어찌하여 당신 앞에서 내가 울고 있는지
어찌하여 당신 앞에서 내가 무릎을 꿇고 있는지
나도 모르겠습니다.
내 슬픔은 왜 형체도 없는지.
당신은 왜 웃고 있는지.
여전히 허공에 대고 묻고 물어 보지만 대답은 듣지 못했습니다.
오늘도 어김없이 내 사랑은
한 송이 열꽃으로 피어나 파편처럼 당신을 향해 날아갑니다.

당신의 부드러운 시선이 새처럼 날아와
내 가슴에 사랑을 남기고 말았습니다.
결국, 당신 사랑이 내 사랑을 불러
새로운 사랑을 잉태하고 말았습니다.

05.15 사랑이 내게로 오던 날

#세 번째 편지
사랑에 빠졌어요 1

그대를 생각할 때마다 난
열일곱 살의 수줍음 많은 소녀가 되죠.

그대를 만날 때마다 난
첫 사랑을 앓는 소녀가 되죠.

그대를 사랑할 때마다
난 세상에서 가장 아름다운
그대의 여인으로 다시 태어나죠.

05.15 스승의 날, 꽃을 받고

너와 있으면 모든게 잘 맞는 것 같아~
응...

#네 번째 편지

사랑에 빠졌어요 2

사랑에 빠진 뒤부터 우리는 둘만의 공간을 찾아 다녔어요.
세상이 아무리 우리를 힘들게 하여도 우리에게 따뜻함을 주는 공간을 찾아 떠났죠.
영하 10도가 넘는 추위 속에서도 둘만의 공간으로 들어오면
내 마음과 나를 사랑하는 그대 마음이
하나가 되어 뜨겁게 타오르는 세상이 있기에 추위도 녹이고
아픔도 잠재우고 가시밭길 같은 세상도 힘들지 않을 만큼 사랑이 커갔죠.
가끔 사랑의 시련 때문에 통증이 역류하기도 했지만
아주 편안한 모습으로 흐르기 시작했어요.
세상에서 가장 부드러운 강물처럼 위에서 아래로 하나가 되어 흐르기 시작했어요.
이제는, 그대 넓은 등에 내 겹겹이 쌓인 외로움을 기대고 내 따뜻함에
그대 핏기 없는 쓸쓸함을 기댈 만큼 서로에게 익숙하게 길들여졌어요.
때로는 연인으로 때로는 친구처럼 편안한 사이가 되었죠.
세상이 우리를 아무리 힘들게 하여도 함께 견딜 수 있는 것은
오래도록 숙성시킨 와인처럼 아주 오랫동안 기다림과
믿음으로 서로를 사랑하고 있기 때문이죠.
이제는 언제든지 내가 노크하면 들어갈 수 있는 그대 마음속 내 자리가 있어 좋아요.
그리고 그대가 노크하면 언제든지 들어올 수 있는
내 마음속의 그대 자리가 있어 힘이 되죠.
하늘이 선물한 처음이자 마지막 선물이라 여기며

소중히 간직하며 지켜 갈래요.
나의 사랑, 나의 행복을 우리 사랑, 우리 행복으로
오래 오래 소중히 지켜가며 살래요.

나의 사랑, 나의 행복을 우리 사랑, 우리 행복으로……

#다섯 번째 편지

당신을 사랑하는 이유

오래도록 새벽안개 같은 당신에게 취한 나,
눈의 마주침
마음의 겹침
그리고 가슴의 떨림
그것이 내가 당신을 사랑하는 이유입니다.

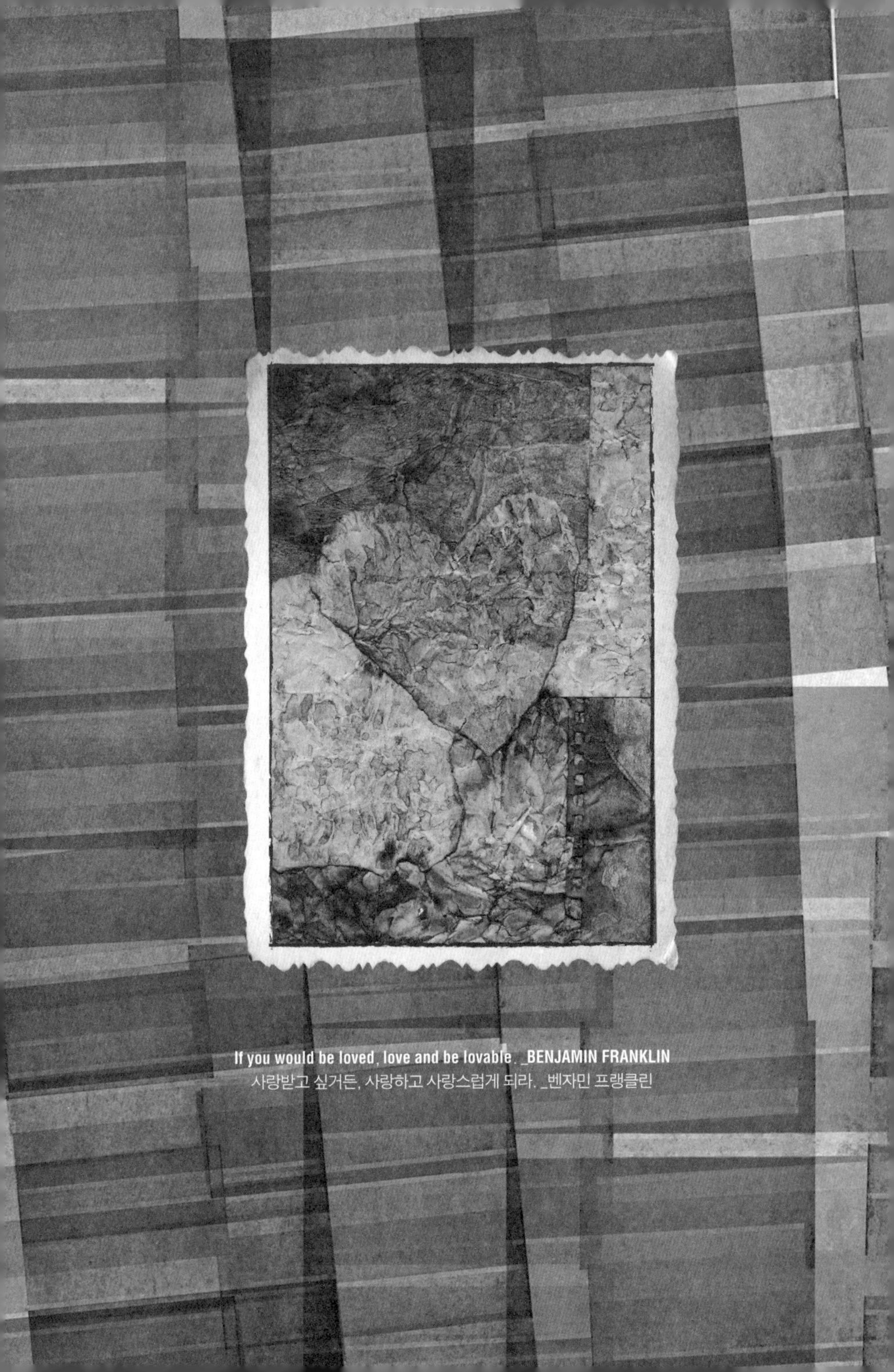
If you would be loved, love and be lovable. _BENJAMIN FRANKLIN
사랑받고 싶거든, 사랑하고 사랑스럽게 되라. _벤자민 프랭클린

#여섯 번째 편지

사랑중독증

사랑에 푹 빠져버렸다.
혈관을 통해 주입되는 감정.
습관적인 접촉에 의한 욕망.

중 독 의　소 유 .

The meeting of two personalities is like the contact of two chemical substances: if there is any reaction, both are transformed. _Carl Jung

두 사람이 만나는 것은 두 가지 화학 물질이 접촉하는 것과 같다. 어떤 반응이 일어나면 둘다 완전히 바뀌게 된다. _칼 융

#일곱 번째 편지

첫사랑이 당신인가요?

라일락 향기 짙은 5월 눈이 시리도록 푸르른 날에 당신을 처음 만났어요.
당신은 세상에서 가장 순수한 사람이라는 것을 첫 눈에 알아 볼 수 있었어요.
봄비 내리는 주말 워커힐 꽃길을 드라이브 할 때 처음으로 사랑을 느꼈어요.
집으로 데려다 주면서 홍대 앞 카페에서
하얀 냅킨에다 펜으로 한 줄의 글을 써주셨죠. 집에 도착하면 읽어보라며.
'무슨 말을 썼을까.' 달아오르는 얼굴, 콩콩 뛰는 가슴을 안고
집으로 돌아와 방문을 걸어 잠그고 냅킨을 펼쳤죠.
단 한 줄의 글이 적혀 있었어요.

'널 사랑해서 미안하다.' 짧은 한 줄이었지만 많은 의미가 담겨있었죠.
그날, 스물네 살의 난 사랑해서 느끼는 첫 행복을 안았으니까요.
세상에서 가장 아름다운 말은
내가 사랑하는 사람에게 사랑한다는 말을 듣는 거잖아요.
사랑해서 미안하다는 말, 당신이 내게 남긴 첫 번째 사랑의 선물이었어요.
사랑하지만 널 아프게 할 것 같아 미안하다는……
당신, 이제 더 이상 미안하다는 말 하지 마세요.
아무리 아파도 사랑 하나면 다 견딜 수 있으니까요.
나 때문에 당신 아파하는 건 싫으니까요.
당신은 나의 첫사랑이고 세상에서 가장 소중한 사람이니까요.

05.25 마음의 겹침을 느끼던 날

#여덟 번째 편지

사랑하는 이유를 물으셨나요?

눈이 꽃비 되어 내려요.
인디언 달력에는 3월을 '마음을 움직이게 하는 달'이라 했는데요.
막 도착한 당신의 체온이 담긴 이메일은 심장이 떨려서 확인하지 못했어요.
녹턴의 나직한 호흡 소리를 들으며 메일을 읽고 있어요.
치명적인 그리움은 몸보다 마음이 먼저 당신 계신 곳으로 달려가 안기네요.
햇살처럼 쏟아지는 지나간 추억들이 행간을 오가며 춤을 춥니다.
언젠가 윤중로를 걷다가 내 손을 꼭 잡으며 물었죠.
'왜 나를 사랑 하냐고…….' 말하기도 전에 목이 멨지만 나를 향해서만 춤추고 흔들리는
한결같은 영혼, 그리고 바닷속 만큼 깊디깊은 곧고 진실한 당신의 마음 때문이죠.
만난 지 일 년이 지난 지금에도 흔들리며 잎이 피는 무화과나무처럼
서로의 흰 뿌리에 닿기 위해 한결같이 흔들리고 있잖아요.
그대의 몸짓, 눈짓, 진심어린 영혼의 결이 나를 이렇게 만들어 놓았어요.
지금 당신이 내 곁에 없는데도 당신을 느낄 만큼.
깊숙이 들어와 있으니까요.
나뭇잎에 흔들리듯 중심 잡지 못하는 나,
그대를 향해 흔들리네요.

PS
영화 〈메디슨 카운티의 다리〉에 나오는 대사처럼

"나도 당신을 원하고,
당신과 함께 있고 싶고,
당신의 일부분이 되고 싶어요."

The Bridges Of Madison County, 1995

#아홉 번째 편지

만나지 못한 일주일, 기다림이 길었어요

당신의 심장 뛰는 소리가 들리도록 이렇게 기대어도 되죠? 이제는 사랑한다는 말을 해도 되죠? 너무 오래 기다렸잖아요. 보고 싶었다고 말해도 되죠?

그래요.

우리 사랑이 이렇게 예쁠 줄 몰랐어요.

기다림이 길어서 그런가 봐요. 이제는 숨지 말아요.

당신이 아무리 숨어도 난 찾을 수 있어요.

당신, 이젠 사랑한다고 말해도 되죠?

보고 싶다고 말해도 되죠?

PS

사랑은 처음부터 풍덩 빠지는 것이 아니라

서서히 물드는 거였어요.

07.27 세미원을 걸으며

Gravity. It keeps you rooted to the ground. In space, there's not any gravity. You just kind of leave your feet and go floating around. Is that what being in love is like? _Josh Brand

중력 때문에 땅에 설 수 있지. 우주에는 중력이 전혀 없어. 발이 땅에 붙어있지 못하고 둥둥 떠다녀야 해. 사랑에 빠진다는 게 바로 그런 느낌일까? _조쉬 브랜드

#열 번째 편지

생일 선물로 청보랏빛 셔츠를 샀어요

열심히 가르치고 급여를 받았어요.
다음 주 당신 생일에 맞춰 쇼핑을 했어요.
토요일 오후 5시, 붐비는 신촌의 백화점.
퇴근 후 발이 부르트도록 다니며
푸른빛 셔츠를 살까, 청보랏빛 셔츠를 살까
한참을 망설이다 청보랏빛 셔츠를 샀어요.
지금 청보라빛 셔츠를 살짝 걸쳐보며
제임스 딘의 표정을 취해 봅니다.
어울릴까, 어울리지 않을까?
쏟아지는 햇살을 타고 전해온 메시지는
'댄디'하다는 것예요.
혼자서 웃으며 상상을 했죠.
당신의 손길에 닿아 두 팔을 감고 몸까지 휘감아
당신 체취 느끼며 따뜻해지는 청보랏빛 셔츠가 '나'였으면 하고요.
주말이면 만날 당신이지만 미리 생일 축하드려요.

10.03 생일 선물 산 날

He that has done you a kindness will be more ready to do you another, than he whom you yourself have obliged. _Benjamin Franklin

당신이 은혜를 베푼 사람보다는 당신에게 호의를 베푼 사람이 당신에게 또 다른 호의를 베풀 준비가 되어 있을 것이다. _벤자민 프랭클린

#열한 번째 편지

그대 사랑에 흠뻑 취해 버렸어요

그대를 만나 사랑을 마셨지요.
산소 같이 깨끗한 배스킨라빈스 아이스크림처럼 달콤한
그대의 사랑을 마셨어요. 이렇게 기분 좋을 줄 몰랐죠.
보졸레누보 와인을 마시듯
그대 사랑을 마셨지요.
늘 흠뻑 취해 비틀거렸어요.
가끔은 아픔 때문에 overeat 했었죠.
하지만 늘 행복했죠.
태어나 처음으로 사랑을 알게 해 준 그대.
태어나 처음으로 사랑의 기쁨을 가르쳐 준 그대.

나 오늘도 그대 사랑을 마셨어요.
산소 같은 사랑에 흠뻑 취해 비틀거렸어요.
아파서 비틀
기뻐서 비틀
비틀거리면서도 그대 사랑이 참 좋았어요.

06.23 남산 소월길을 걸으며

#열두 번째 편지

무제 1

늘 한 곳을 바라보며
같은 생각을 하며 살았으면 좋겠어요.

아침에 일어나면
그대 얼굴을 가장 먼저 보고
내가 사랑하는 만큼만
날 사랑해 주는
그대였으면 좋겠어요.

그대와 나 같은 음악을 듣고
가끔은 사랑의 NG도 내면서
기쁠 때나 슬플 때나
서로를 위로하고 의지하며
오래 오래 함께 살았으면 좋겠어요.
같은 날 같은 시간에 죽었으면 좋겠어요.

PS

내 사랑의 판도라 상자는 5년 후에 어떤 모습일까?

둘이 하나 되는 만남일까?

하나가 둘 되는 만남일까?

하나인 채로 머무는 걸까?

06.30 10년 후의 소망을 생각하며

#열세 번째 편지

무제 2

나를 잃음으로
그대를 얻습니다.

그대를 얻음으로
다시 나를 찾습니다.

그 대 와 나 는 하 나 이 니 까 요 .

01.15 보충수업을 끝내고

Love is, above all, the gift of oneself. _JEAN ANOUILH
사랑은 무엇보다도 스스로에게의 선물이다. _진 애노우일

#열네 번째 편지

어디서 내려온 햇살인가요?

어느 날 살포시 다가와 내 마음을 흔들어 놓은 당신
당신은 어디서 불어온 바람입니까?
어느 날 갑자기 운명처럼 찾아와 내 전부를 빼앗아간 당신
당신은 어디서 내려온 햇살입니까?
낮이고 밤이고 가슴 벅차 오르는 희열을 느끼게 하는 당신
당신은 정녕 누구십니까?
고요한 내 마음에 표현할 수 없는 사랑의 언어들이 쌓여가고 있지만
단 한 번도 제대로 표현하지 못했었는데
당신을 만난 지 3년이 지난 지금
이제는 정말 사랑해서 행복하다고 말하고 싶습니다.
단 하나의 바람이 있다면 더 이상 마음에 금을 긋지 않으며
밀어내거나 당기지 말고 하고 싶은 말을 다 쏟아가며 사랑하는 것입니다.
따뜻한 당신의 손을 오래도록 잡고 싶습니다.
이 밤, 누군가 나에게 가슴에 담아둔 한 마디를 전하라 한다면
당신을 사랑한다고, 당신이 내 곁에 있어 행복하다고 말하고 싶습니다.

07.02 햇살이 눈부신 피카소거리를 걸으며

True love is the joy of life. _JOHN CLARKE

진실한 사랑은 인생의 환희다. _존 클라크

#열다섯 번째 편지

이토록 아름다운 사랑을 어찌하나요

제 몸을 부풀리던 산 그림자 보이질 않네요.
노을에 베인 어둠은 몰아쉬는 마지막 숨결이 가쁘네요.
그대 있는 곳으로 기울던 사랑은 그리움의 집 한 채를 짓네요.
그대 이름 석 자가 박힌 문패를 내 안의 심장에 달았어요.
늦은 밤 온몸을 휘감는 붉은 선율의 모차르트 교향곡 40번은
내 몸을 거칠게 매질하네요.
얼핏 보이는 그대가 남긴 사랑의 흔적이 날 울리네요.
40도가 넘는 뜨거운 사랑의 체온에도
500밀리가 넘는 슬픔의 폭우에도 끄떡없네요.
난 그대에게 길들여지고 있어요.
평화로운 그대라는 섬에 갈 수만 있다면
한 줌 어슴푸레 보일 듯 말 듯한 그대 사랑을 안을 수만 있다면
아무리 무서운 해일이라도 두렵지가 않아요.
비록 중심 잡지 못한 무희처럼, 한 걸음 내디딜 때마다
쓰러질 듯한 아찔한 몸부림이지만
그대 있는 섬을 향해 앞으로 나아가 그대를 만나면 아픔도 고통도 다 잊게 되죠.
핏기 없이 흘러나오는 그대의 여윈 미소가 날 위로하더라도
그대를 만나면 아픔도, 고통도 사랑이라는 이름으로 가려지기에 난 행복해요.

PS

헤르만 헤세의 〈내가 만약〉이라는 시가 생각나요.

내가 만약
사랑이 어떤 것인지를 알게 된다면
그것은
오직
그대 뿐입니다

07.30 사랑이 시작되고 1,500일이 되는 날

#열여섯 번째 편지

단풍나무 빨간 꽃물이 들었으면 좋겠어요

보고 싶어도 꾸욱 참기로 했어요.
미쳐버릴 만큼 그리워도 참기로 했어요.
단풍나무 빨간 꽃물이 들 때까지
죽을 만큼 보고 싶어도
미칠 만큼 그리워도 참기로 했어요.

03.25 대학원 첫 강의를 기다리며 끼적인 날

Love is everything it's cracked up to be. It really is worth fighting for, being brave for, risking everything for. _Erica Jong

사랑은 모두가 기대하는 것이다. 사랑은 진정 싸우고, 용기를 내고, 모든 것을 걸 만하다. _에리카 종

#열일곱 번째 편지

사랑의 춤을 추었어요

그대를 보고 있으면 눈부셔요.
그대를 보고 있으면 맥박이 빨라져요.
오늘도 그대는 하얀 옷을 갈아입고 나를 향해 손짓하네요.
어서 오라고, 빨리 오라고 쉼 없이 쉼 없이 손을 흔들며 재촉하네요.
만나면 늘 더딘 발길의 나를 밀어서 안기도 하고
넘어지려는 나를 쓸어서 안기도 하죠.
파아란 물무늬 아래에서 그대와 나 하나가 되어
화려한 부채춤을 추죠.
시리도록 푸른 하늘과 바다 사이에서
세상에서 가장 행복한 사랑의 춤을 추죠.

08.25 세미원에 다녀온 날

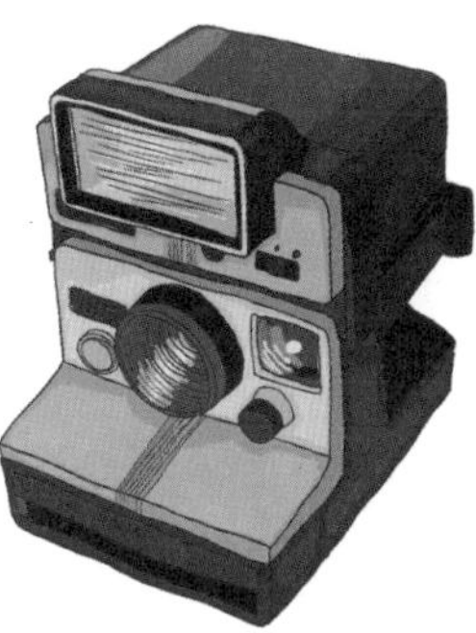

To love and be loved is to feel the sun from both sides. _David Viscott
사랑하고 사랑 받는 것은 양 쪽에서 태양을 느끼는 것이다. _데이비드 비스코트

#열여덟 번째 편지

어제도 사랑했지만 내일의 당신도 사랑할 거예요

언젠가 사랑한다는 말 한마디 못하던 당신이

내가 가장 힘들고 지칠 때

'사랑해.'라고 했죠.

그 한마디에 당신 곁에 주저앉고 말았어요.

'사랑해.'
그 한마디에 당신 곁에 주저앉아 버렸지만
살아가는 힘이 되고
존재의 이유가 된다는 것을
당신도 아시겠죠. 어제의 당신도 사랑했지만
내일의 당신도 변함없이 사랑할 거예요.

09.30 장미꽃을 받고 나서

Perhaps the feelings that we experience when we are in love represent a normal state. Being in love shows a person who he should be. _Anton Chekhov

아마도 사랑할 때 우리가 경험하는 감정은 우리가 정상임을 보여준다. 사랑은 스스로 어떤 사람이 되어야 하는지를 보여준다. _안톤 체홉

#열아홉 번째 편지
사랑은 쓰나미 같아요

쓰나미처럼 덮치는 사랑의 세례에 갇혀 버렸습니다.
단 둘만의 사랑의 섬.
참 행복했습니다.
나는 당신에게 당신은 나에게
소중한 사람이라는 것을 느꼈으니까요.
순백의 히아신스 꽃처럼
어여쁜 자태로 다가가고 싶어요.

지나온 시간을 돌아보면
가끔은 울고 가끔은 웃으며
기쁨도 슬픔도 함께 껴안아 왔기에
더 애틋하고 소중한 것 같아요.

시간의 풍화작용으로 추억이 된 아픈 조각까지도 사랑합니다.
기쁨, 아픔, 눈물, 고통이 승화된 아름다움을 사랑합니다.
하루를 반성하고 내일 할 일을 메모하고
잠들기 5분 전 마지막으로 당신을 떠올립니다.
당신을 처음 만났을 때 그 설렘, 그 야릇한 흥분을 생각하며
꽃병에서 하얀 미소를 흘리며 눈길을 주는 히아신스 꽃을 당신께 바칩니다.
하나는 사랑의 의미로, 또 하나는 존경의 의미로,
마지막 하나는 감사의 의미를 담아 당신께 바칩니다.

09.27 삼청동 은행나무 길을 다녀온 후

#스무 번째 편지

마법에 걸린 공주가 되었어요

나도 언젠가는 과거만을 추억하는 존재가 되겠지요.
세상에 태어나 가장 착한 왕자를 만나
아름다운 사랑을 나누던 신데렐라처럼 마법에 걸린 공주가 되어
사랑에 빠진 이 순간을 추억하겠죠.
그 어떤 유혹에도 꿈쩍 않고 한 사람의 눈빛, 목소리, 체취, 몸짓에 전부를 맡긴
이 순간을 떠올리겠죠.
나에게 사랑의 마법을 건 착한 왕자의 애절한 사랑 앞에 무릎을 꿇고
사랑을 받아준 지금을 그리워하겠죠.
사랑의 마법에 걸린 이 순간이 가장 행복하다고 말하겠죠.
육신이 숨 쉬지 않는 그 어느 때가 오면
나도 당신도 그렇게 추억하겠죠.

10.30 북한산 계곡을 다녀온 후

I must be cruel only to be kind: Thus bad begins, and worse remains behind. _William Shakespeare

내가 친절하자면 잔인해져야 해요. 그래서 나쁜 짓이 시작되고 더 나쁜 일은 뒤에 남습니다.
_윌리엄 셰익스피어

#스물한 번째 편지
사랑한다고 말하고 싶어요

당신이 보고 싶어 눈물이 흘러도 당신이 그리워 목까지 울음이 차올라도
당신이 물으면 언제나 보고 싶다는 말 대신
당신 때문에 아프다는 말 대신
당신 때문에 힘들다는 말 대신
'괜찮아요.'
'아프지 않아요.'
'힘들지 않아요.'라며 반어법을 쓴 나.
언제쯤이면 아플 때 아프다는 말을
보고 싶을 때 보고 싶다는 말을 사랑한다는 말을 할 수 있을까요?
오늘따라 왜 이렇게 당신이 보고 싶은지
왜 이렇게 힘든지
왜 이렇게 아픈지
죽을 만큼 그립다고 말하고 싶은데
당신 앞에만 서면
아프다는 말, 보고 싶다는 말을 하기 어려운지 정말 모르겠어요.
그 말을 하고 나면 당신에게 미안해서
당신이 아플까봐 걱정 되서 도저히 할 수가 없어요.
시간이 흐르면 보고 싶다는 말도, 아프다는 말도
쉽게 나올 줄 알았는데…….

왜 시간이 흐를수록 당신이 더 어렵게 느껴지는지 알 수가 없어요.
사랑할수록 어려워지는 당신
곁에 있어도 그리운 당신
보고 있어도 또 보고 싶은 당신
편지로나마 전하고 싶어요.
당신을 죽도록 사랑하고 존경한다고.

10.27 대성리 기차 길을 다녀온 날

오늘따라 왜 이렇게 당신이 보고 싶은지
왜 이렇게 힘든지...
왜 이렇게 아픈지...
죽을 만큼 그립다고 말하고 싶은데...

#스물두 번째 편지

기분 좋은 눈의 마주침이 있던 날

그대를 만나면 언제나 기뻤습니다.
그대를 만나면 언제나 행복했습니다.
이럴까 저럴까 늘 망설이다가도
어느 틈인가 그대 앞에 서 있는 나를 발견합니다.
그대를 향한 그리움도 그대를 향한 보고픔도
비껴갈 수 없는 인연이라서
그렇게 망설이고 주저했지만
피할 수 없는 우리의 만남
오늘도 그 길에 들어서 있습니다.

03.17 대학원 교육학 강의를 듣고 난 후

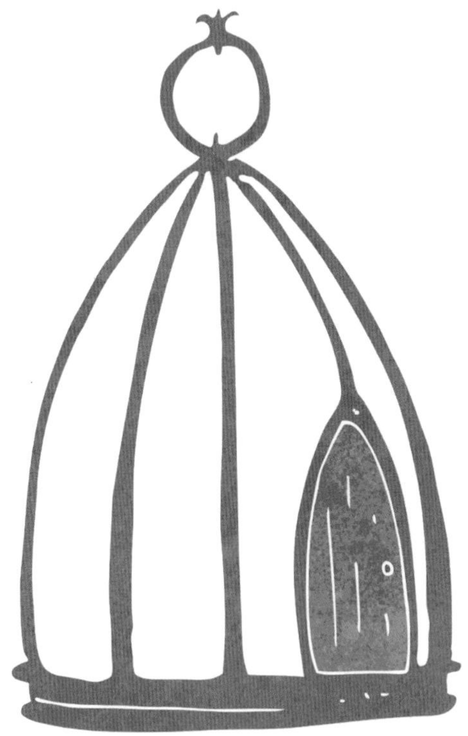

Intense love does not measure, it just gives. _Mother Teresa

강렬한 사랑은 판단하지 않는다. 주기만 할 뿐이다.
_마더 테레사

#스물세 번째 편지

마음의 겹침 후
더 커지는 욕망이 두려워요

온종일 그대를 생각하고 그대를 그리워합니다.
그대를 만나면 모든 것이 다 채워질 줄 알았는데
그대를 만나고 나면 보고픔은 또 다른 갈망으로 이어지고
그대 품에 안겨 있어도 그대에 대한 사랑은 끝이 없습니다.
얼마나 그대를 오래 만나야 얼마나 그대를 사랑해야
그대의 사랑이 다 채워질지 정말 모르겠습니다.
오늘도 그대 생각을 하며 하루를 살았습니다.
기다림의 하루를 살았습니다.

10.07 을왕리 바닷가를 다녀온 후

Diary

#스물네 번째 편지

치명적인 사랑앓이가 시작되었어요

사랑은 댐인가요?
처음에는 작은 틈이 생기면서 소리 없이 다가왔어요.
그러다가 그러다가
지금은 댐이 무너져 버렸어요.
내가 나를 통제할 수 없을 만큼.

처음에는 너무 아름답게 다가왔어요.
천사처럼 너무 예쁜 모습으로
조용히 내 방문을 노크한 그대
그러다가 그러다가
난 감기에 걸린 것처럼 오래 오래 아파했어요.
정신을 차리고 보니 그대는 없고
나 혼자서 웅크리고 앉아 울고 있어요.
이런 내가 밉지만
이런 내가 죽도록 싫지만
어쩔 수가 없어요.

그 무엇이 나를 힘들게 해요.
내 맘대로 할 수도 없어요.

시간이 흐를수록 나를 흔들어 놓은 그대가 무서워요.
내 가슴 속까지 새까맣게 태워버린 그대

그대는 누구인가요?
나를 천국에도 보내고 지옥에도 보내는 그대
나 혼자 이곳에 내려놓고 말없이 사라진 그대

사랑일까요?
그게 사랑이었을까요?
여전히 빛바랜 추억으로
내 안에 있는 그대
오늘따라 당신이 보고 싶어요.
나를 아프게 한 그대
지금 그대는 어디 있나요?
꼭 한 번만 보고 싶어요.
그대를.

12.04 집착이 될 것 같은 두려움을 느끼며

#스물다섯 번째 편지

당신만 보여요

눈만 뜨면 당신이 보이고 당신의 목소리가 들려요.
내 안에 당신의 얼굴이 있고
내 안에 당신의 사랑이 있어요.
행여 홀로 있을 때라도
믿음으로 새겨진 당신의 사랑 때문에
당신이 없어도 당신과 함께 걸을 수 있고
당신이 없어도 당신과 함께 쉴 수가 있어요.
당장 당신과 함께 있지 않아도 당장 당신을 볼 수 없어도
난 늘 당신을 만나고 당신을 느껴요.

당신은언제 어디서나 내 안에 있어요.

12.14 껌딱지처럼 그대에게 달라붙고 싶은 마음이 드는 날

Everything that I understand, I understand only because I love. _Lev Tolstoy
내가 이해하는 모든 것은 내가 사랑하기 때문에 이해한다. _레프 톨스토이

#스물여섯 번째 편지

캐러멜 시럽을 넣은 카푸치노, 사랑에 빠지게 했죠

무작정 당신을 사랑하기에
해질녘 석양처럼 당신이 있는 서쪽으로 마음을 풀었어요.
당신은 나를 바다 같은 손으로
두 팔을 펼쳐 나를 감싸 안았어요.
편안했지요. 그만 잠이 들어 버렸어요.
너무도 편안하고 따뜻해서 나도 모르게 잠이 든 게 하루가 훌쩍 지나가 버렸어요.
아침 햇살이 블라인드 사이로 뜨겁게 쏟아져 내릴 때 비로소 눈을 떴어요.
그새 당신은 캐러멜 시럽을 푼 카푸치노 커피를 머그잔에 가득 담아 오셨죠.
아마 햇살 때문이 아니라 카푸치노 향 때문에 눈을 뜬지도 모르겠어요.
당신이 만들어준 커피 정말 맛있었어요.
배가 부르고 몸이 떨려오고 좋았죠.
그래요.
아마 가장 행복한 순간을 꼽으라면 그날일 거예요.
하루 종일 당신 품에 안겨 잠을 자고 일어났던 그날.
그날은 세상에서 가장 맛있는 커피를 마셔 참 행복했던 날이었어요.
그날은 세상에서 가장 사랑하는 당신을 만나 참 행복했어요.

08.30 사랑한 지 700일 되는 날 삼청동 은행나무 길을 걸으며

#스물일곱 번째 편지

사랑에 서툰 날에 띄웁니다

내리던 비가 그쳤습니다.
하늘도 시리도록 푸릅니다.
그대의 편지를 읽고 또 읽으면서
그대가 파아란 하늘을 닮았다는 생각이 들었습니다.
편지에 담긴 그대의 마음은
비 온 뒤의 하늘처럼 맑고
첫사랑을 앓는 여인처럼 눈물겹습니다.
수채화 물감을 풀어놓은 듯 눈부시도록 파랗습니다.
날 사랑하는 마음을 사랑한다는 말보다
행동으로 늘 보여준 당신
그래서 당신을 사랑하는지도 모릅니다.
그래서 당신을 존경하는지도 모릅니다.
당신은 세상 모든 사물을 끌어안을 수 있는
대단한 능력을 가진 하늘처럼
당신은 하늘을 닮은 사람인지라
당신의 사랑은 늘 제게 감동을 주었습니다.
세상에서 아주 특별한 당신을 만나게 된 나는
얼마나 행복한지 모릅니다.
당신이 제 곁에 있다는 것만으로 얼마나 든든한지 모릅니다.

이제는 더 이상 당신에게 욕심을 내지 않겠습니다.
봄을 기다리는 씨앗처럼
그대가 나에게 천천히 다가오기를
내가 그대에게 서서히 다가가기를
기다릴 뿐입니다
아주 느리게 말입니다.
비오는 덕수궁거리에 햇살이 부서져 내리면
그 곳에 풀잎이 파랗게 얼굴을 내밀 듯
그대와의 사랑이 파랗게 물들 때까지
결코 그대에게 갈 것을 애써 재촉하지 않겠습니다.
그저 느린 만큼 깊은 믿음이 함께할 것을 확신하며
애써 그대에게 다가갈 것을 재촉하지 않겠습니다.

05.05 우연인지 인연인지 몰라 사랑에 서툰 날

#스물여덟 번째 편지

변함없이 사랑할래요

언젠가
사랑한다는 말 한마디 못하던 당신이
내가 가장 힘들고 지칠 때
'당신이 정말 좋다. 당신, 사랑해.'라고 말해주었죠.
그 한마디에 이렇게 당신 곁에 주저앉고 말았죠.

'당신, 사랑해.'
이 한마디가 세상을 살아가는 데 의미가 되고,
이유가 되고,
큰 힘이 된다는 것을 당신은 아시나요?
과거의 당신도 사랑했지만
미래의 당신도 변함없이 사랑할 거예요.

07.30 월미도에 다녀온 후

#스물아홉 번째 편지
그대를 보아요

그대를 보아요.
나는 그대 말고 보는 것이 없어요.
아니, 모든 곳에 그대가 있어요.
앙드레 지드의 말처럼
마음속에 있으면 눈에도 보인다 했듯이
비 오면 빗속에
눈 오면 눈 속에
떠오르는 태양 속에도 그대가 있어요.

떨어지는 풀잎에도
멀어져가는 기적 소리에도
그대가 있어요.

푸른 무지개 같은 파도의 물무늬에도
미친 듯이 몸부림치는
하얀 물거품 속에도 그대가 있어요.

허브향의 비누 거품 속에도
막 꽃대가 터져 나온

신비디움에서도 그대를 보죠.

선홍빛의 와인,
사각의 상자 엘리베이터 속에도
그대는 있어요.
고흐의 그림에도
베토벤의 음악에도
심지어 울리지 않는 전화에서도
그대가 있어요.

사방 천지에 항상 존재하는 그대
그대는 늘 나와 함께 있어요.

11.29 허브 마을을 다녀온 후

#서른 번째 편지
그대가 보고 싶습니다

오늘같이 바람이 부는 날에는
이유 없이 그대가 미치도록 보고 싶어요.
지하철 안으로 많은 사람들 틈을 비집고 들어가면서도
그대를 생각했어요.
그대를 생각하면 이유 없이 웃음이 나요.

늘 둘이 다니다가 혼자가 된 오늘
초점 없는 눈빛으로 시선을 한 곳에 두지 못한 채
마음은 그대 곁을 맴돌고 몸만 덩그러니 나와 다니는 느낌이 드네요.

그대를 만나지 못한 날
그대가 미치도록 그리울 땐 가슴 속에 꼭꼭 숨겨두었던
내게 뱉은 그대의 사랑의 언어를 풀어놓고 해독하니까요.
이렇게도 해석하고 저렇게도 해석해가며 위로를 하죠.
이슬 같은 투명한 눈물을 마음껏 쏟아내고 싶은
바람이 부는 날에는 그대가 미치도록 보고 싶어요.

11. 28 카페에서 2시간을 기다린 날

]Fantasy love is much better than reality love. Never doing it is very exciting. The most exciting attractions are between two opposites that never meet. _Andy Warhol

공상 속의 사랑이 현실의 사랑보다 훨씬 좋다. 사랑하지 않는 것은 매우 자극적이다. 가장 자극적인 매력은 결코 만나지 않는 양극 간에 존재한다. _앤디 워홀

#서른한 번째 편지

그대는 지금 어디에

내 그리움의 여정은
목마른 기다림은
사랑이라는 이름의 체인으로 나를 묶어 버렸습니다.
내 사랑을 제작한 그대는 지금 어디서 무엇을 할까요.

02.20 다툼 4일째 되는 날

Just because you love someone doesn't mean you have to be involved with them. Love is not a bandage to cover wounds. _Hugh Elliott

단지 누구를 사랑한다고 해서 무조건 감싸야 한다는 뜻은 아니다. 사랑은 상처를 덮는 붕대가 아니다. _휴 엘리어트

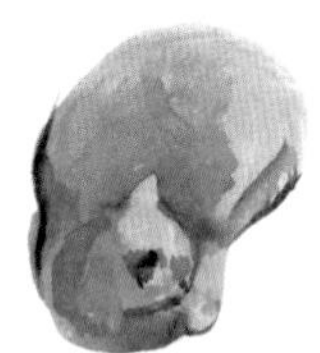

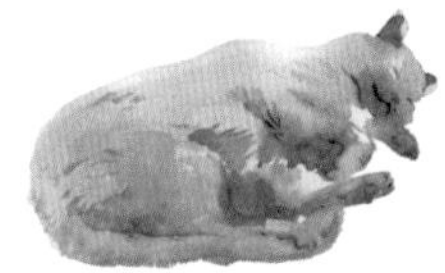

#서른두 번째 편지

세상은 온통 당신으로 가득해요

당신의 휴대전화 번호를 누르는 순간
보고픔으로 전신이 붉게 물들어 버렸습니다.
당신 목소리를 듣는 순간 그리움은 하늘에 걸렸어요.
벌써 5개월째 쉬지 않고 지치지도 않은 채 비가 내리네요.
머리를 적시고 가슴을 적시고 다리를 적시고
내 영혼까지 적시고 말았어요.

피하려고 해도 피할 수 없다면 신의 뜻이겠지요.
비에 젖은 몸 말리려 달려온 이 길
결국 또 이렇게 젖고 말았으니까요.
당신 앞에 벌거벗은 내 몸과 내 영혼을 다 드러내고 말았어요.
갈증의 불, 원색의 불길은 오늘도 타오르고 있어요.

10.19 사랑앓이 400일째 되는 날에

#서른세 번째 편지
그대를 가둡니다

내 안에 그대를 가둡니다.
아침에는 그대와 함께 베토벤을 만나고
낮에는 그대와 함께 워즈워드를 만나고
밤에는 그대와 함께 채플린을, 고흐를 만납니다.
어느 날 우연히 만난 당신 이제 내 안에 가둡니다.
내 안에서 우리는 숨을 쉬고 만나고 사랑을 합니다.
오로지 나 혼자만이 그대를 만날 수 있고 사랑할 수 있습니다.
그대로 인해 웃기도 하고 울기도 합니다.
그대로 인해 기쁘기도 하고 슬프기도 하지만
그대 때문에 아프기도 하지만
그래도 그대 때문에 행복해서 참 좋습니다.

03.09 집착이 되려는 그리움을 밀어내며

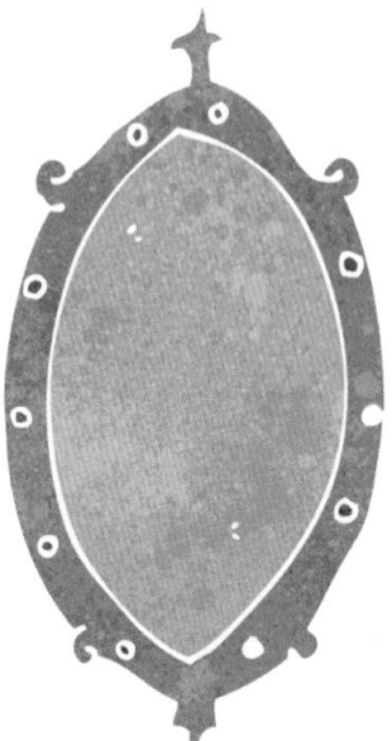

True love brings up everything - you're allowing a mirror to be held up to you daily.
_Jennifer Aniston

진정한 사랑은 모든 것을 끄집어내요. 어느 새 매일 거울을 끄집어내 보고 있죠. _제니퍼 애니스톤

#서른네 번째 편지

사랑한 후에

사랑, 그 간절한 그리움
이별보다 더 아픈 그리움
……
오늘,
나 너무 아프네요.
나를 아프게 하는 것은
이별이 아니라 그리움 때문이겠지요.
아! 아프지만 당신을 사랑합니다.

세상에서 단 하나뿐인 사람,
당신을 기다립니다.
당신을 사랑합니다.

After loving you

Love, the eager yearning
Yearning which is bitter than parting
……
Today, I feel heartbroken
Not that I feel, pain a separation,
but it's yearning
I feel blue, I always Love You

You are the only one in the world for me,
I will be waiting for you to come back.
I love you.

11.26 잠깐 이별이 스친 날

#서른다섯 번째 편지

러브레터를 띄웁니다

아침에 눈을 떴을 때
가장 먼저 떠오르는 사람이
'나'였으면 좋겠습니다.

하루 일을 끝내고 잠이 들기 전에
마지막으로 생각나는 사람이
'나'였으면 좋겠습니다.

살다가 가장 힘들 때 목소리라도 들으면
힘이 날 것 같아 전화를 걸고 싶은 사람도
'나'였으면 좋겠습니다.

일을 하다가 잠시 하늘을 쳐다볼 때
가장 먼저 떠오르는 얼굴이
'나'였으면 좋겠습니다.

우연히 FM라디오에서
내가 좋아하는 Secret Garden의 'Nocturne'이 흘러나오면
이어폰을 귀에다 끼워주며 함께 음악을 듣고 싶은 사람이

'나'였으면 좋겠습니다.

밥을 먹다가 맛있는 음식을 보면
함께 먹고 싶은 사람이 '나'였으면 좋겠습니다.

오로지 그대 심장 속에 박혀 맥박이 멈추기 전까지
마지막으로 함께 하는 사람이
'나'였으면 좋겠습니다.

세상에 태어나 당신을 가장 행복하게 해준 사람도
'나'였으면 좋겠습니다.

삶이 다한 후에도 영혼의 인연으로 이어져
한 곳을 바라보며 사랑을 나누는
인연이었으면 좋겠습니다.

05.25 남산 소월길을 걸으며

#서른여섯 번째 편지

그립습니다 1

언 강 풀리듯 찾아온 설렘
어김없이 작은 불꽃이 되어 당신에게로 갑니다.

내 살결에 살짝 닿은 당신의 눈길에서도
편안히 숨 쉬는 당신의 호흡 소리에서도
알 수 없는 향기가 납니다.
몸이 가늘어져 비틀거립니다.
가로등 아래 춤추는 빗방울처럼.

어쩌면 넘기 힘든 모래 언덕일거라 생각했던 당신
이정표도 없었던 당신에게로 가는 길
편히 오라며 없던 길까지 만들어 주신 내 님
이제는 급한 물살 피하기 위해 아픈 몸짓은 하지 않겠습니다.
느림의 미학으로 천천히 한 발 한 발 다가가겠습니다.

당신,
어제도 그랬던 것처럼 천천히 다가와 주십시오.
세찬 비바람에도 더 이상 쓰러지지 않게
더 이상 아프지 않게

당신에게로 난 길로 들어가
당신이라는 큰 바다에 닻을 내릴 때까지 이끌어 주십시오.
당신에게 가기 위해 오래도록
거센 비 맞으면서도 눈물로 서성이던 저에게
이젠, 슬픔이 스며들지 않게 이끌어 주십시오.

슬픈 물길만 흐르던 내 가슴이
아픔으로 절룩거리지 않게 당신 맑은 가슴으로 안아주십시오.
희디흰 눈처럼 세상에서 가장 깨끗한 당신의 사랑으로
내 슬픔, 내 아픔, 내 영혼까지 껴안아 주십시오.
사랑하는 당신
당신이 있어 오늘도 행복한 하루를 살았습니다.

10.29 백마역 기찻길을 거닐며

#서른일곱 번째 편지

그립습니다 2

참 많이 당신과의 만남을 기다려 왔던 지난날이었습니다.

당신 때문에 참 많이 아팠고 당신 때문에 참 많이 슬펐지만 당신의 사랑 하나로 버텨 온 지금에야 생각해보니 버거운 사랑이지만 아픔도 슬픔도 사랑이 있었기에 이겨낼 수 있었고 아픔이, 슬픔이 아름답다는 걸 느꼈습니다.

비록 매일 얼굴을 맞대고 웃음꽃을 피우지는 못하지만 이렇게 한 걸음 물러서서 바라보는 시간마저도 기쁨이 되었습니다. 며칠 자리를 비운다는 말에 다시는 못 볼 것 같은 생각이 들어 하루하루가 두려운 날도 있었습니다. 한참을 보낸 어느 날 환한 목소리로 잘 다녀왔다는 듯이 고개 내민 당신의 휴대전화 음성에 그동안 작아졌던 가슴을 다시 자랄 수 있게 풀어 주었습니다.

당신은 이런 나를 모르실 겁니다.

큰 욕심을 내어 당신을 사랑하지는 않겠습니다. 단지 추스를 수 있는 아주 작은 바람이 있다면 내 안에서 당신이 아픔 없이 살기를 원할 뿐입니다. 가지고 싶지만 가질 줄 모르고 좋아하고 싶지만 좋아할 줄 모르는 당신을 만나기 전 배운 사랑을 다시 꺼내어 보며 마음을 추스릅니다.

이제는 늘 너와 함께한다는 당신의 그 한마디에 더 이상 흔들리지 않습니다. 버거운 사랑도 당신을 사랑하는 그 이유 하나 때문에 이제는 당신이 나에게, 나는 당신에게 영원히 자유로울 수 없는 사람이 되었으니까요.

당신은 '나'라는 섬에 갇힌 남자 난 '당신'이라는 사람의 섬에 갇힌 여자가 되었으니까요. 사랑하는 사람의 섬에 갇힐 수 있다는 것 그게 바로 행복이라는 당신의 말에 눈물이 흐릅니다. 앞으로도 처음 가졌던 그 마음으로 사랑하고 존경하겠습니다.

PS
당신께서 나에게
'네 죄가 무엇이냐?'고 물으셨을 때 이 사람을 만나고, 사랑하고, 홀로 남겨두고 떠난 게 가장 큰 죄일 것입니다. _영화 〈약속〉 중에서

1999.09.15 생일에

#서른여덟 번째 편지

그립습니다 3

저 푸른 하늘에 시리도록 푸른 하늘에 그리움을 담아 당신께 띄웁니다.

당신 한 사람을 만나기 위한 그 오랜 기다림, 수없는 아픔으로 견뎌온 길.
하지만 이제는 한없이 가깝게 다가온 당신이기에 편안해집니다.

저 푸르도록 시린 하늘에 사랑을 담아 당신께 띄웁니다.
당신 한 사람을 사랑하기 위해

그 많은 것들을 포기한 지금 후회도 미련도 없습니다.

당신 하나 내 곁에서 내가 외로울 때, 슬플 때, 기쁠 때

그리고 아플 때 내 곁에 있어 준다면 그것은 행복입니다.
내게는 당신과 함께 하는 시간이 기쁨의 시간, 행복의 시간입니다.

당신에게 아무것도 바라는 것 없습니다. 천오백 원짜리 길거리표 라면을 먹어도
삼백 원짜리 자판기 커피를 나눠 먹어도 좋습니다. 당신과 함께라면
버스 탈 돈도 없어 신촌에서 광화문까지 걸어가도 좋습니다.

당신이 나와 함께 걸어준다면

당신이 나와 함께 있어준다면 그것으로 난 행복을 찾는 거라 생각하니까요.
그래요.

당신 하나만 있으면 파랑새에 나오는 얘기처럼 행복을 찾은 거니까요.
당신이 바로 나의 행복이니까요.

09.15 스물다섯 번째 생일에

#서른아홉 번째 편지

그립습니다 4

당신이라는 사람 생각할수록 괜찮은데
쉽게 다가가질 못하겠어요.
내 맘 물 흐르듯 한 방향으로만 흐르는데도 쉽게 다가가질 않네요.
조심조심 또 조심하게 되요.
행여나, 그때처럼 넘어질까 봐요.
당신이 내 손을 잡아줄 수 없다고 할까 봐요.
그때처럼 내게 따뜻한 당신 두 손 내어 줄 수 없다고 할까 봐요.
당신, 지금 이리오라고 손짓하지만 또 그럴까 봐 두려워서요.
이번에 넘어지면 절대로 못 일어설까 봐요. 그래서 또 조심하게 돼요.
좋아하는 맘, 사랑하는 맘 예전 그대로인데
당신이라는 사람 시간이 흐를수록 더욱 괜찮은 사람으로 다가오네요.
차가운 당신의 이성과 바닷속처럼 깊은 당신의 침묵까지도 좋아하게 되었네요.

꽁꽁 얼어붙은 바닷속 물길도
더 깊은 곳으로 내려가며 겉과 달리 따뜻한 물이 흐르잖아요.
시간이 아무리 흘러도 물은 한 방향으로 흐르듯이
십 년이 지나도 나의 마음 깊은 바닷속 물길처럼 늘 그대로
한 방향으로 흐르네요. 당신에게로…….
이럴 줄 몰랐는데 한결같이 당신에게로 흐르네요.

06.01 잠깐 마음에 금을 그으며

#마흔 번째 편지

사랑하고 또 사랑합니다

사랑하고 또 사랑합니다

오늘,
한참을 미루다가 아주 오래 간직한 수첩을 바꾸었어요.
거기엔 이 세상에 없는 사람의 이름도 있고
가슴 깊숙이 자리해 있지만 옮겨 놓을 수 없는 이름도 있어요.

당신, 그거 아세요?
당신도 아주 오랫동안
내 수첩에 이니셜로만 존재했다는 것을.
주소록 첫 번째 자리를 차지한 당신이지만
그때는 언젠가는 비워야 할 사람이라고 생각을 했었죠.
비운다는 것이
세상에서 가장 힘든 일이라는 것을 어느 날 알게 되었죠.

생각해보면 보고픔이 깊어갈수록
기다림이 길어질수록
그리움이 깊어갈수록 나를 힘들게 했던
지난날의 일들이 심장을 후벼 파네요.

당신,
지금 어느 하늘 아래에서 누구의 눈길을 묶어 두시나요.
얼마 전 당신에게 향하는 마음을 비우는 것이
최선이라는 것을 알았을 때
이미 내 사랑은 건너올 수 없는 수심 깊은 바다로 가고 말았죠.
언제 어디서나 내 곁에 머무는 단 한 사람이 되어 버렸네요.
하나둘 모래알처럼 쌓인 추억이
내 발길을 묶어 버렸는지도 모르지만
추억이란 거, 참 사람을 기쁘게 하네요.
시리도록 아팠던 추억마저도 기분 좋게 하니까요.
당신을 처음 만났던 날, 당신의 눈인사도 그랬고
처음 손잡고 홍대를 걸었을 때 그 느낌,
날 위해 웃어주던 따뜻한 미소,
가슴이 콩콩 뛰었던 첫 키스의 추억이 어제 일처럼 생각나요.
아주 가끔 당신이 날 힘들게 할 때에는 진통제가 필요했죠.

힘들 때는 가끔 혼자서 독백을 하죠.
뭐 하러 그리 슬픈 사랑을 했냐고…….
하지만 바보처럼 눈물이 마르도록 거리를 울며 걷다 보면
차량의 기적 소리가 내 울음을 감추어 주기도 하죠.
그래요.
이제는 아픔 안은 사랑도 행복할 뿐이에요.
내 가진 것 다 포기해도 아깝지 않은 당신이기에.
아! 당신…….
이제는 내가 부르면 어디든 달려와 줄
세상에서 가장 편안한 사람이 되어버렸어요.

고마운 사람.
눈물겹도록 사랑하는 당신.
바람도 숨죽이는 이 밤.
오늘은 그저 당신 사랑 앞에 내 영혼까지 깊이 베여
붉은 피 뚝뚝 떨어지는 그런 날이고 싶네요.

09.05 사랑을 고백한 날에

Love is an act of endless forgiveness, a tender look which becomes a habit. _Peter Ustinov
사랑은 끝없는 용서의 행위이며, 습관으로 굳어지는 상냥한 표정이다. _피터 유스티노프

Part 3

스물다섯, 일상이 내게 말을 걸다
익숙하지만 여전히 낯선

#1

〈에밀〉을 읽으며

빌려준 루소의 〈에밀〉이 주인을 찾아왔다.
오래된 책은 퀴퀴한 종이 냄새가 난다.
난 그 냄새가 좋다.
문득 다시 책을 펼쳐 읽는데
그가 남긴 메모 쪽지가 꽂혀있다.

'토요일 오후 2시 채플린'

2달 전의 미팅이었다.
너무 오래 기다리게 해서 속상했던 그날의 기억이 새삼 떠오른다.
체온이 식지 않은 지문 위에 두 뺨을 대어본다.
기억의 나이테가 빠르게 움직인다.
마치 시간과 공간을 내 앞에 옮겨놓은 것처럼
그저 좋다.

Love... is the Law of our Being _MOHANDAS K. GANDHI
사랑은 우리들의 존재의 법칙이다. _모한다스 간디

#2

입학식 날

수업 끝나고 찾은 대학원 입학식.
기쁨도 잠시 희망보다는 두려움.
야간대학원을 무사히 마칠 수 있을까
두려움에 떠는데 갑자기 책에서 읽은 글귀가 나를 덮친다.

'성공으로 가는 문을 열려면 3개의 열쇠가 필요하다.
하나는 꿈, 두 번째는 자신에 대한 믿음,
마지막 하나는 불굴의 의지이다.'

Desire, ask, believe, receive. _Stella Terrill Mann

열망하라, 구하라, 믿으라, 받으라. _스텔라 테릴 만

#3
우두커니 서서

지칠 줄 모르고 빠르게 움직이던 세상이 조용해진다.
두 시와 네 시 사이
잠시 쉼표를 날리며 멈추어 서 있다.
지나간 오전의 시간과 다가올 저녁의 시간을 기억하고 상상하는 걸까.
놓친 시간에 대한 늦은 고백과 다가서지 않은 시간에 대한 눈인사일까.
가끔은 말로 표현 안 되는 것들을
시간이 대신해 줄 때가 있다.
세상이 조용히 멈춘 듯 한가한 두 시와 네 시 사이처럼.
영어 교재보다는 릴케의 시가,
진토닉보다는 레몬티가,
커피보다는 홍차가 어울릴 것 같은

**오후 두 시와 네 시 사이.
여백이 있어 좋다.
이 또한 지나가겠지만.**

Time does not change us. It just unfolds us. _Max Frisch

시간은 우리를 변화시키지 않는다. 시간은 단지 우리를 펼쳐 보일 뿐이다. _막스 프리쉬

#4

실수를 반성하며

나 자신의 실수에는 너그러우면서
타자의 실수에 시선을 고정시키며
손가락질하는 교만함을 버리자.
그들을 품지 못하면 내 품에 안길 사람도 없을 테니까.
싼티나는 교만함을 버리자.

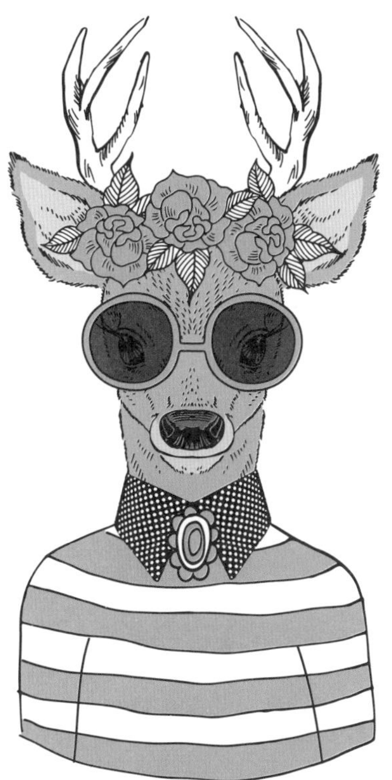

Life is a long lesson in humility. _James M. Barrie
인생은 겸손에 대한 오랜 수업이다. _제임스 M. 배리

#5

또 하나의 도전을 시작하며

내가 버린 스무 살 즈음의 주문을 성급히 찾았다.
매번 내가 주인이 아닌 것 같아 버려 놓고 한참 후에 다시 찾는다.
원시적인 본능일까.
내 호흡수에 맞춰 다시 뛰어보기로 했다.
그것이 5년 후의 나의 모습을 바꾸어 놓을 수도 있으니
현재의 궤도를 이탈하지 않으면서 도전하기로 했다.
버거운 안녕이 될 수도 있지만,
꿈의 실현 or 세컨드 잡이 될 수도 있으니
모든 가능성을 열어두고 도전하자.
가족 몰래 일간지 '신춘문예 공모' 게시물을 스크랩한다.
다시 마음이 바빠지기 시작한다.
날 수 있을까?

Life is either a daring adventure or nothing. _Helen Keller
인생은 과감한 모험이던가, 아니면 아무 것도 아니다. _헬렌 켈러

#6
일상의 부딪침

동료 교사와의 마찰이 나를 지치게 한다.
비틀즈 팬도 아닌 내가 우두커니 벽에 기대고 앉아
LP판을 걸어두고 3시간 동안 'Let it be'를 들었다.
20회쯤 들었을까.
아름다운 눈빛을 가진 '조지 해리슨'이 노래를 부르며 말을 걸어오는 환상에 빠졌다.

'Let it be, Let it be…….'

그래, 흐르는 물을 거꾸로 흐르게 할 수 없듯
모든 일은 순리에 맡겨야 해.

Life is something that happens when you can't get to sleep. _Fran Lebowitz
삶은 당신이 잠들지 못할 때 벌어지는 일이다. _프란 레보비츠

#7

압박감을 느끼며

지겨웠던 4월은 찢어진 달력을 덮고 잠을 청한다.

교무실 창살을 타고 새어드는 5월의 햇살이 아마포처럼 온몸을 휘감는다.

누군가 책상 위에 두고 간 빽빽한 5월 행사계획표를 보니 숨이 차다.

두려움과 설렘으로 쿵쾅대는 또 하나의 소실점.

새처럼 날고 싶다.

이 순간.

Life isn't fair. It's just fairer than death, that's all. _William Goldman

삶은 공평하지 않다. 다만 죽음보다는 공평할 뿐이다. _윌리엄 골드먼

#8
톨스토이를 만나다

톨스토이의 단편집 중 〈세 가지 질문〉을 읽다가
영혼을 뒤흔드는 울림이 있어
스며들기 위해 몸을 낮추었다.
그러나 완전히 들어가지는 못했다.

첫째, 이 세상에서 가장 중요한 사람은 누구인가?
둘째, 이 세상에서 가장 중요한 일은 무엇인가?
셋째, 이 세상에서 가장 중요한 시간은 언제인가?
……
'지금 내 앞에 있는 사람'
'지금 내가 하고 있는 일'
'바로 지금 이 시간'

그러나 첫 번째 질문에 대한 답(나의 생각은 엄마, 나)이 이해하기 힘들었다.
방향이 잘못일까,
나이가 어린 탓일까.
몰입을 하며 고민하는데
'이해 불가'를 바람도 눈치 챘을까?

창문을 타고 들어온 바람이 책장을 넘긴다.
그래, 시간의 나이테가 더 필요할 거야.
다시 읽혀지는 순간에는
'아! 이런 말이었어.'라고 탄성을 지을 거야.
그때까지 덮어두는 거야.

#9
답이 보이지 않는다

모든 일이 물음표로 가득한 오늘 같은 날에는
장미, 백합, 튤립, 히아신스, 포인세티아, 릴리, 아이리스 등
꽃이 많은 정원에 가서 쉬고 싶다.
꽃 한 송이 한 송이에 말을 걸어 나의 질문을 던져놓고
몇 시간쯤 자다 일어나고 싶다.
잠에서 깨어나면 답이 적힌 꽃잎들이 얼굴 위에 살포시 떨어져 있지 않을까.

Life is just a mirror, and what you see out there, you must first see inside of you. _Wally 'Famous' Amos

인생은 거울과 같으니, 비친 것을 밖에서 들여다 보기 보다 먼저 자신의 내면을 살펴야 한다. _월리 '페이머스' 아모스

#10

엄마를 생각하며

아무래도 엄마가 갱년기인 것 같다.
아무것도 아닌 것에 짜증을 부리신다.
한 달에 한 번 마법에 걸리면 신경이 예민해지고 짜증이 나는데
엄마도 그런 걸까?
퇴근길에 백화점에 들렀다.
엄마표 빨간 립스틱, 노란 도트 무늬 스카프
그리고 엄마가 좋아하는 구두 상품권을 샀다.
"어쩜 이렇게 곱니?"
엄마는 스카프를 펼치며 아이처럼 맑게 웃으신다.
마치 내가 엄마가 된 기분이다.
낳아주고 키워주신 큰 사랑에 조금이나마 위로가 되었으면…….
"엄마 사랑해요."

By the time I'd grown up, I naturally supposed that I'd be grown up. _Eve Babitz
어른이 됐을 때쯤, 나는 자연스레 내가 어른이 됐을 거라 생각했다. _이브 바비츠

#11

힐링의 시간

겨울방학 보충수업을 끝내고
인제 자작나무숲에 갔다.
하얗고 기다란 몸뚱이가 슬퍼 보이는
북유럽 동화 속의 주인공 같은 순백의 정령이다.
가녀린 팔을 하늘을 향해 쭉쭉 뻗으며
맨살로 꿋꿋하게 칼바람을 견디며
화한 자일리톨 향기를 내뿜으며 유혹하는
매끈하고 우아하고 정갈하고 애틋한 순백의 여인들.
나뭇가지에 앉았던 눈꽃이 하늘거리며 춤을 춘다.
마치 시베리아의 파리라 불리는 '이르쿠츠크'에 온 것처럼.
겨울의 천국은 자작나무숲이야.

149
Letters
to my
mind

#12
가을 소풍

서오릉으로 가을 소풍을 갔다.
햇볕을 안고 걷기가 엄청 힘들었다.
책임과 의무감이 아니라면
개인적으로 갔다면 그냥 포기하고 싶을 만큼.
쏟아져 내리는 가을 햇볕이 한여름의 뙤약볕 수준이었다.
동네 마을에 우뚝 서서 하얀 꽃잎을 주렁주렁 달고 있는
이팝나무가 시선을 사로잡았다.
여덟 살 즈음에 시골집에서 목이 꺾어져라 쳐다보았던
하얀 이팝나무.
아버지 손을 잡고 뒤뚱뒤뚱 걸으며 목이 아프도록 올려다보았던
상큼한 향의 이팝나무.
어릴 적 기억이 폭풍처럼 밀려와 눈물이 핑 돌았다.
내 얼굴을 발상게 달구던 햇실도 용서가 되었다.

POSITIVE
THINKING

#13

석모도 소금밭에서

바람이 길을 낸 곳을 바람을 맞으며 사람이 걸어간다.
바람에 흔들리며 구릿빛 얼굴의 염부가 걸어간다.
바다를 말리던 바람과 햇살이
그리고 염부의 지극정성이
하얀 소금꽃을 피웠다.
석모도 염전이 환해진다.

#14
꽃멀미를 앓으며

선운사의 9월
꽃들이 춤을 춘다.
초록을 배경으로 빨강, 하양, 노랑의 꽃가루가 휘날린다.
하얀 메밀꽃, 샛노란 해바라기, 주홍빛 꽃무릇,
마치 까만 밤하늘의 별들이 춤을 추듯 움직인다.
그래서 이효석은 〈메밀꽃 필 무렵〉에서
'흐벅진 달빛 아래 굵은 소금을 흩뿌려 놓은 듯'하다고 썼을까.
휘영청 달빛 아래 옅은 안개가 부드럽게 능선을 감싸는 새벽 2시.
취하도록 꽃멀미를 앓았다.

#15
마지노선

영화 〈냉정과 열정 사이〉에 나오는 말처럼
사랑이란 것이 그런 거 같다.

너무 열지 않아 지쳐 돌아가기도 하고
너무 일찍 열어 놀라 돌아가고
너무 작게 열어 날 몰라주기도 하고
너무 많이 열어 날 지치게 하는 것.

서로를 만족하게 만드는 적당함,
사랑의 마지노선은 어디쯤일까?

Love is the triumph of imagination over intelligence. _H. L. Mencken
사랑은 지성에 대한 상상력의 승리다. _헨리 루이스 멩켄

#16

궤도 이탈은 안 돼

일을 사랑하는 나
사랑을 사랑하는 나
그 경계에 서 있는 지금의 나를 볼 때
영화 〈어거스트 러쉬〉의 대사가 생각난다.

"난 음악을 믿는다. 어떤 이들은 동화를 믿는 것처럼."

메일을 읽어나갈 때마다 너의 몸짓, 목소리가 기억된다면
아마도 이미 넌 내 안으로 깊숙이 들어와 있는 거겠지.
아, 난 몰라.
더 이상의 궤도이탈은 하지 말았으면…….

I believe in music.
Some people like to
believe in fairy tales.

August Rush, 2007

#17

풀꽃 향이 좋아

풀 냄새가 나는 원두 향이 좋다.
방 안으로 들어온 찬바람이 머리칼을 헝클이듯
휘이휘이 날려버렸지만 방 안에서 맴도는 풀꽃 향이 참 좋다.
나란히 풀꽃 향 커피를 마시며
노랗게 물든 은행잎을 밟으며 걸었던 정동길이 생각난다.

Only a life lived for others is a life worth while. _Albert Einstein
오직 남을 위해 산 인생만이 가치 있는 것이다. _알버트 아인슈타인

#18
미술 전시회를 다녀와서

매료되었다가 밀어내고
멀어질까 두려워 와락 끌어당기는 것.
사랑의 전시 아닐까.
미술 전시회에서 본 한 편의 수채화가 태어나는 과정처럼.

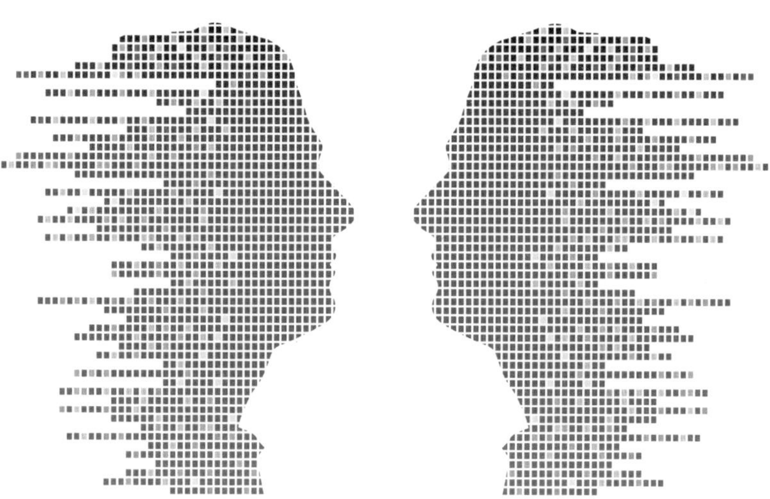

Love, like virtue, is its own reward. _JOHN VANBRUGH

사랑은 미와 같이 그 자체가 보상이다. _잔 밴브로

#19

사랑에 빠지면

비가 오면 창밖을 바라보고 웃다가 웃는다.
요즘 감정의 기복이 심하다.
남들이 눈치 챌 만큼.
사랑에 빠져서일까.
무엇을 보든 웃음이 나고 또 눈물이 난다.

#20

스물다섯, 가을愛

가을비가 추적추적 내리니
주홍빛에 물든 잎새들이 땅바닥에 떨어져 밟힌다.
예쁜 모습 밟을까봐 빈 공간을 찾아 조심조심 걷는다.

끌리는 시선은 마음을 움직인다.
사랑도 그렇지만.

Love is not blind - it sees more, not less. But because it sees more, it is willing to see less. _Rabbi Julius Gordon

사랑은 눈 먼 것이 아니다. 더 적게 보는 게 아니라 더 많이 본다. 다만 더 많이 보이기 때문에, 더 적게 보려고 하는 것이다. _랍비 줄리어스 고든

#21
뛰고 달리고 춤추게 만드는

영화를 통해 사랑을 알고 싶었다.
〈퐁네프의 연인들〉을 보았다.
사랑은 사람을 뛰게 만든다.
달리고 춤추고…
떠나고 난 후에는 기억이 그 자리를 지켜주며
함께 한다.

**사랑은 위대한 힘.
함께 있거나 없거나
늘 같이 한다는 생각이 드는 것.**

If you try, you will find it impossible to do one great thing. You can only do many small things with great love. _Mother Teresa

한 가지 위대한 일을 이루고자 노력한다면 그것이 불가능하다는 점을 깨닫게 될 것이다. 위대한 사랑을 가지고 작은 일들을 하는 것만이 가능하다. _마더 테레사

#22

만족감

일도 사랑도 완벽하게 만족을 느끼는 날이 있다.
모든 것이 꼭 찬 게 충분하다.
이 느낌이 오래 지속된다면 좋을 텐데.

In love, one and one are one. _JEAN PAUL SARTRE

사랑은 한사람 한사람이 하나다. _장 폴 살테

#23
스물다섯을 한 달 앞둔 12월에

스물다섯을 한 달 앞둔 12월
빨간 표지의 새 다이어리를 샀다.
무엇을 적을까 망설이다
첫 페이지에 이렇게 적었다.

'스물다섯, 무엇보다 사랑 그리고 나에 충실하기를.'

Love is not enough. It must be the foundation, the cornerstone - but not the complete structure. It is much too pliable, too yielding. _Bette Davis

사랑으로는 충분치 않아요. 사랑은 토대, 주춧돌이 되어야지, 완성된 구조물이 되어서는 안돼요. 사랑은 너무나 잘 휘어지고 구부러지기 쉽거든요. _베티 데이비스

#24
새 출발을 위한 다짐

직장 2년차 3월.
책을 사러 교보문고에 들렀다가
학생처럼 필통도 사고
연필도 사고
예쁜 수첩도 샀다.
새로운 무엇이 열릴 것 같은 이 기분.
새 출발, 설렘, 흥분 자체이다.
3월은.

You have to expect things of yourself before you do them. _Michael Jordan
어떤 일을 하기에 앞서 스스로 그 일에 대한 기대를 가져야 한다. _마이클 조던

#25

열정을 가지고

수업을 하든, 사랑을 하든
온몸으로 기억하며
쓰고 또 노래하며 춤추며 살자.
내 앞에 멈춘 시간들을…….

#26
당신, 고맙습니다

내가 사랑하는 당신
당신 곁에 내가 있어 고맙습니다.
나를 사랑하는 당신
내 곁에 당신이 있어 고맙습니다.
기다림이 헛되지 않게 해주어 또 고맙습니다.
당신과 함께 할 수 있어 정말 행복합니다.
영원히 사랑하고 존경하겠습니다.
당신을.

Passion makes the world go round. Love just makes it a safer place.
_Ice T

열정은 세상을 돌게 한다. 사랑은 세상을 좀 더 안전한 곳으로 만들 뿐이다. _아이스 티

#27

사랑학개론

사랑은 너를 향한 사색이다.
사랑은 나를 위한 기쁨이다.
사랑은 둘이 하나가 되기 위한 거룩한 고통이다.
너의 눈길, 너의 손끝, 너의 몸짓에 흔들리는
우리를 위한 잔혹한 축제이다.
때로는 꿈을 꾸듯 새처럼 환희의 춤을 추고
때로는 애증의 화살을 날리며
돌아올 수 없는 레테의 강을 건넌다.
그러나 완전한 사랑은
몸이 마음을
마음이 몸을
내가 너를
네가 나를 탐험하는 아름다운 여행이다.

That which is done out of love always takes place beyond good and evil. _Friedrich Nietzsche

사랑으로 행해진 일은 언제나 선악을 초월한다. _프레드리히 니체

#28

보고픔

단 일 분을 만나도 내가 웃을 수 있고
단 십 분을 함께해도 기쁨을 줄 것 같은 사람은
지금 내가 바라보는 그대.
그대가 보고 싶다.

love is not love which alters when it alteration finds. _William Shakespeare
변화가 생길 때 변하는 사랑은 사랑이 아니로다. _윌리엄 셰익스피어

#29
점심시간에

12시 20분 점심시간.
축구공 하나를 갖기 위해
스무 명 남짓의 미소년들이 운동장을 뛰고 달린다.
황금빛 햇살이 쪼개지듯 쏟아져 내린다.
학교 운동장이 넓게 보인다.
아름다운 세상이다.

Never pretend to a love which you do not actually feel, for love is not ours to command. _Alan Watts

실제로 느끼지 못하는 사랑을 느끼는 척 하지 말라. 사랑은 우리가 좌지우지 할 수 없으므로 _앨런 왓츠

#30

4월을 시작하며

4월의 시작이다.
학교 행사가 많은 달이다.
교사 2년차인 나에게는 꽤 부담스럽다.
T.S. 엘리엇의 〈황무지〉가 생각난다.

4월은 잔인한 달 죽은 땅에서 라일락꽃을 피우며
추억에 욕망을 뒤섞으며 봄비로 잠든 뿌리를 일깨운다…….

망각의 눈에 덮인 겨울은 차라리 행복했다.
다시 싹을 틔워 정성을 다해 튼실한 나무로 키워야
아름다운 꽃을 피울 수가 있다.
노력과 정성만이 전부인 계절이다.
그래서 4월은 나에게도 '잔인한 달'이다.

April is the cruellest month,
breeding
Lilacs out of the dead land, mixing
Memory and desire, stirring
Dull roots with spring rain.
Winter kept us warm, covering
Earth in forgetful snow, feeding
A little life with dried tubers.

_T.S.Eliot

April is the Cruellest Month
fromThe Waste Land

#31

오후 두 시를 지나며

스승의 날에 선물 받은
키 작은 단풍나무.
8월의 빛이 쏟아지는 오후 두 시.
물 마름에 목말라 할 것 같아
모세혈관이 잠길 만큼 물을 주었다.
빨간 잎 여러 장 하늘거리며 방긋 웃는다.

#32

601번 버스를 미정이와 함께

인문계 고등학교가 적성에 맞지 않다며 전학 가겠다는 아이를 일주일 째
설득했지만 능력의 한계를 느낀다.
학생과 교사 사이의 보이지 않는 벽, 넘어설 수는 없을까?
책으로 해결 방안을 찾다가 영화 〈죽은 시인의 사회〉를 보았다.
영화의 포커스라고 할 수 있는 키팅 선생의 메시지인 '카르페 디엠'은 충격이었다.
사랑의 매, 교육적 체벌에 길들여진 주입식 교육의 학교에서 상상할 수 없을 만큼.
사랑의 매가 사라지고 친구 같은 친절한 선생님이 되면 학생들에게도 휘둘리지
않고 동료에게도 외면 받지 않고 교사로서 보통의 만족을 느끼며 살아갈 수 있을까.

사실 '카르페 디엠'은 호라티우스의 라틴어 시 한 구절로부터 유래한 명언이다.
영어로 번역하면 'Seize the day'다.
'현재를 잡아라. 오늘을 즐겨라. 인생을 헛되이 낭비하지 마라.
지금 이 순간 원하는 삶을 살아라.'
세상은 나를 관습, 제도, 도덕이라는 이름으로 압박한다.
인간 세상에서 정회원이 되려면 시간의 주인이 되어 나답게 사는 것이다.
내가 좋아하는 일을 하며 내가 좋아하는 사람들과 내가 머무는 곳에서 즐겁게 사는 것이 아닐까?

#33
달달한 낯선 남자의 향기

일요일 오전 열 시.
60퍼센트는 예정되어 있었던 기다리는 전화는 오지 않고
기다림을 기다리며 쇼팽의 녹턴을 듣는다.
울적한 마음이 녹턴에 빠져들 무렵
전화벨이 울린다.
주인을 잘못 찾아 사과하는 낯선 남자의 한 마디.
'죄송합니다.'
나쁘지 않은 긴 여운.
부드럽고 달달하다.

Everybody winds up kissing the wrong person good night. _Andy Warhol

모든 사람이 끝에는 엉뚱한 사람에게 굿나잇 키스를 하게 된다. _앤디 워홀.

#34

나는 누구인가?

내 삶의 시나리오는 내가 쓰는 줄 알았는데
내 뜻대로 이루어지지 않는 오늘 같은 날은
내 삶의 시나리오는 신이 쓴다는 것을,
나는 각본대로 움직이는 배우라는 사실을 깨닫게 된다.

There's a lot to be said for self-delusionment when it comes to matters of the heart. _Diane Frolov

마음에 대해 논할 때, 자기 기만에 대해서는 할 말이 많다. _다이앤 프롤로브

#35

4월은 잔인한 달

오늘도 양날을 칼을 대하듯 하루가 저물었다.
아침에는 희망했다가 저녁에는 절망했다.
아침에는 울었다가 저녁에는 웃었다.

Clarity of mind means clarity of passion, too; this is why a great and clear mind loves ardently and sees distinctly what it loves. _Blaise Pascal

정신이 명료함은 열정도 명료함을 뜻한다. 때문에 위대하고 명료한 정신을 지닌 자는 열정적으로 사랑하고 자신이 사랑하는 대상을 분명히 안다. _블레이즈 파스칼

#36

휴가 중에

주룩주룩 장대비가 내린다.
전등사로 소풍가던 날
산 중턱에서 만난 초록빛깔의 무당개구리도 생각나고
비를 맞으며 탑돌이를 하는 동자승도 생각난다.
주룩주룩 장대비 내리는 날은
우울한 사색의 감옥에 갇혀 이유 없이 아픈 방랑을 한다.

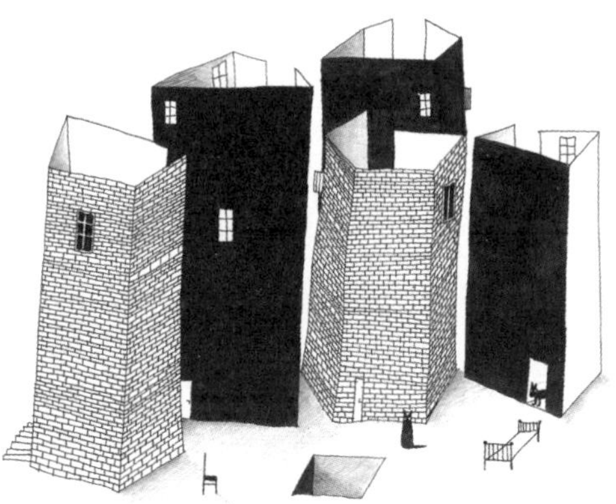

There is no greater grief than to recall a time of happiness when in misery. _Dante-A
불행할 때 행복했던 때를 회상하는 것보다 더 큰 슬픔은 없다. _단테

#37

나를 위한 선물

퇴근 후 토요일 오후 3시
홍대 입구 2층 통유리 카페에 들어가
혼자 커피를 마셨다.
마타리 가느다란 꽃대 흔들리듯
흔들리지 않기 위해
먼지처럼 떠돌지 않기 위해
집으로 가기 전
쉼표를 찍으며
마음 속 하얀 편지지에 '중심을 잡자'라고 썼다.
한 시간이었지만 아주 많이 편안해졌다.

자주 나를 위한 시간을 갖자.

Keep your face to the sunshine and you cannot see the shadow. _Helen Keller
얼굴이 계속 햇빛을 향하도록 하라. 그러면 당신의 그림자를 볼 수 없다. _헬렌 켈러

#38
운명을 생각하며

벗어날 수 없는 게 아니라
피할 수 있는데도
무작정 가게 되는 것이 운명이다.
오늘따라 라디오에서 흘러나오는
글렌 캠벨의 'Time'이 마음을 울린다.

Some people run Some people crawl Some people don't even move at all
어떤 사람들은 달리기도 하고 어떤 사람들은 기어가기도 하지요.
어떤 사람들은 전혀 움직이지도 않네.

Some roads lead forward Some roads lead back Some roads are bathed in white and some wrapped in black
어떤 길은 앞으로 이끌기도 하지만 어떤 길은 뒤로 이끌기도 하지요.
어떤 길은 흰색으로 포장되고 어떤 길은 검정색으로 포장되어 있지요.
……

Some people run Some people craw Some people don`t even move at all Some roads lead for word Some roads lead bark Some roads bathed in white Some people never get, and Some never live Some people die, but Some never live Some folks me mean, Some treak me kind most them go their way And don`t pay any mind Time, oh good good time where did you go, Time, oh good good time where did you go, Sometimes I`m satistied, Sometimes I`m not Sometimes my face is cold, Sometimes it`s hot At sunset I laugh, sunrise I cry at midnight I`m in between and Im Wondering why go, Time oh good good time where did you go, Time oh good good time where did you go,

_Glen Campbel

Time

#39

비 그리고 와인

햇빛 쨍쨍한 날에 먹는 달콤한 아이스크림처럼
비 오는 날에 스윗한 와인은 감미롭다.

#40
나는 수면 중

경주로 수학여행을 다녀온 후
1박 2일 잠만 잤다.
코에 닿는 맑은 향에 눈을 떴다.
빨간 시클라멘과 보랏빛 무스카리가 예쁘게 피었다.
세상이 환하다.

When you have seen as much of life as I have, you will not underestimate the power of obsessive love. _J. R. R. Tolkien

너희들이 나만큼 인생에 대해 알게 되면 강박적인 사랑의 힘을 과소평가하진 않을 게다. _**J.R.R. 톨킨**

#41

와인+보들레르+슈베르트= 최고의 힐링

고흐의 '별이 빛나는 밤' 같이 뒤엉킨 머리
와인 잔에 복분자주를 따라 마시고
보들레르의 〈악의 꽃〉을 읽으며
슈베르트의 세레나데를 듣는다.
안 어울릴 것 같으면서도 어울림이 깊다.
색다르지만 맞춤 힐링이다.

If someone wants a sheep, then that means that he exists. _Antoine de Saint-Exupery

누군가 양을 갖고 싶어 한다면 그것은 그 사람이 이 세상에 존재한다는 증거다. _생텍쥐페리

#42

주문진 해수욕장

광이갈매기가 비릿한 바다 내음을 들이키며 하늘을 날 때
갓 태어난 아기가 엄마 젖을 먹을 때
막 사랑을 시작한 연인이 사랑을 마음으로 느낄 때
행복을 만나는 순간이리라.

Love is an exploding cigar we willingly smoke. _Lynda Barry

사랑은 우리가 기꺼이 피우는 폭발하는 시가이다. _린다 배리

#43
패배감이 드는 날

고해성사하며 하루를 일기장 위에 올려놓는다.
사랑의 기쁨 때문에 웃음 한 줌.
일의 엉킴 때문에 후회 한 줌.
내일은 침착하고 진중하자.

It is only with the heart that one can see rightly. what is essential is invisible to the eye. _Antoine de Saint-Exupery

사람은 오로지 가슴으로만 올바로 볼 수 있다. 본질적인 것은 눈에 보이지 않는다. _생텍쥐페리

#44

나는 누구의 희망이 될까?

애벌레가 나비가 되어야 훨훨 날아다니며
꽃들에게 사랑을 줄 수가 있고
나비는 꽃의 희망이 된다.
애벌레가 그냥 애벌레의 삶으로 끝나기도 하고
인고의 노력 끝에 허물을 벗고 아름다운 나비가 되기도 한다.
인고의 노력…….
난 지금을 얼마나 충실히 보내고 있을까.
이 순간을…….
난 누구에게 희망일까?

#45

다짐

리처드 바크의 〈갈매기 꿈〉에 등장하는 조나단이 생각난다.

먹는 것보다 나는 것에 열정을 가지고 몰입했던…….

혹독한 좌절, 한계, 외로움을 극복하고 비행에 성공한 조나단.
결국 '높이 나는 새가 멀리 본다.'는 사실을 증명했던
조나단처럼 일도 사랑도 미친 열정으로 몰입하자.
1년 후 같은 후회를 하지 않도록.

Only I can change my life. No one can do it for me. _Carol Burnett

나만이 내 인생을 바꿀 수 있다. 아무도 날 대신해 해줄 수 없다. _캐롤 버넷

#46

결혼은 NO

서머싯 몸이 쓴 〈인간의 굴레〉에 나오듯
나도 열심히 공부한 대가로 좋은 직장을 얻어 일하고
원하는 사람을 만나 결혼하고
아이를 낳고
편안히 죽음을 맞는 것이
삶의 가장 완전한 무늬라는 것을 느낀다.
하지만 스물다섯.
아직은 자신이 없어
결혼은 NO.

25
Never marry but for love; but see that thou lovest what is lovely. _William Penn
사랑이 없다면 결혼하지 말라. 다만, 당신이 사랑스런 것을 사랑하고 있는지 살펴보라. _윌리엄 펜

#47
아모르 파티

내 맘대로 안 되는 일이 많아질수록
운명론을 이야기했던 니체를 생각하며 책을 읽는다.
요즘은 자꾸만 '아모르 파티(Amor fati)'가 심장에 박힌다.
내 뜻대로 안 되는 일이 자꾸만 생기니까 그렇겠지.

일도
사랑도
힘내.
그리고 아모르 파티(Amor fati).

No man is born wise. _Miguel de Cervantes
태어나면서부터 현명한 이는 없다. _미겔 데 세르반테스

#48

15년 후에 나는?

15년 후면 마흔인데
마흔은 무엇에도 흔들림이 없다하여 '불혹'이라 하는데
그때쯤에는 난 어떤 모습으로 어디에서 뭐하고 있을까?
지치지 않고 사랑에 미쳐있을까?
아니면 〈달과 6펜스〉에 나오는 가정과 사회생활을 접고 그림을 그리는 주인공처럼
교사 생활을 그만두고 다른 길을 가고 있을까?
그 무엇이든 설렘 반, 두려움 반이겠지만.
내 앞에 멈춘 것들에 정성을 다해 몰입하면 후회는 적을 거야.
지금처럼만 살면 될 거야.
두려워 말자.
미래도…….

Life is just a bowl of pits. _Rodney Dangerfield

인생은 다만 한 통의 살구 씨일 뿐이다. _로드니 데인저필드

#49

온전한 고백을 하며

일기를 쓰거나 부치지 못한 편지를 쓰는 순간이다.
이 순간만큼은 순수하고 온전한 고백을 한다.
어쩌면 가장 완벽하고 온전한 고백을 하는 순간이 아닐까.

What do you want a meaning for? Life is a desire, not a meaning. _charlie chaplin
왜 굳이 의미를 찾으려 하는가? 인생은 욕망이지, 의미가 아니다. _찰리 채플린

#50

사랑하는 사람들

키 작은 나무 한 그루
키 큰 나무 한 그루
마주보며 웃고 있다.

키 작은 나무 한 그루
키 큰 나무 한 그루
나란히 숲이 되었다.

깊고 푸른 숲
산 숲을 이루었다.

#51
애인

떨림의 빛 속에서, 나에게 묻듯
정중히 첫 인사를 한다.
'good morning.'

설렘의 어둠 속에서, 나에게 묻듯
정중히 두 번째 인사를 한다.
'good night.'

떨림, 설렘, 눈물 그리고 행복이 나를 감싸 안는다.
너로 인해 시작되고
너로 인해 생각이 끝을 맺는다.

나의 밤을 부드럽게 해주는 빛에 첫 키스를 하고
어둠에 두 번째 키스를 하는
어쩌면 닿을 것 같은
어쩌면 멀어질 것 같은

나의 세상을 바꾼
너의 이름은 애인

Two people kissing always look like fish. _Andy Warhol
키스하는 두 사람은 항상 물고기처럼 보인다. _앤디 워홀

#52
아름다운 풍경을 만들었으면 해요

또 이렇게 당신 없는 하루를 살았어요.

이젠 말하지 않아도 마음이 통하고
함께 있지 않아도 함께하는 느낌이에요.

늘 사랑하는 마음으로
늘 존경하는 마음으로 살아가네요.

당신, 이제는 바라만 보아도 좋은 사람이 되어버렸어요.
당신, 이제는 생각만 해도 기분이 좋아지는 사람이 되어버렸어요.

강이 때로는 산 그림자를 깊게 끌어안듯이
산이 때로는 강을 깊고 푸르게 어루만져 주듯이
당신과 나
기쁠 때나 아플 때나
항상 웃는 얼굴로 서로를 보듬어 주었으면 좋겠어요.

산은 산의 모습으로 강은 강의 모습으로
늘 그 자리에 있지만 때로는 서로 하나가 되어

아름다운 풍경을 이루듯이
당신과 나
오래오래 아름다운 모습으로 함께했으면 좋겠어요.

아름다운 풍경을 만드는 산과 강처럼.

#53
에테르니타스

나 너를 만나
큰 기쁨을 얻었으니
공기보다 가벼운 나
네 품에 안길 때
더 큰 사랑을 얻었으니
이제는 너를 만나도
너를 만나지 않아도
나 영원히 너와 함께한다는 것을

Be silent as to services you have rendered, but speak of favours you have received. _Seneca
당신이 행한 봉사에 대해서는 말을 아끼라. 허나 당신이 받았던 호의들에 대해서는 이야기하라. _세네카